虚觅

古毅 著

加拿大国际出版社

书名：虚觅

作者：古毅

出版：加拿大国际出版社 www.intlpressca.com

Email: service@intlpressca.com

2024 年 10 月加拿大第一版

2024 年 10 月第一次印刷

印刷版国际书号 ISBN：978-1-998479-18-4

电子版国际书号 ISBN：978-1-998479-19-1

Title: Xu Mi

Author: Yi Gu

Publisher: Canada International Press www.intlpressca.com

Email: service@intlpressca.com

First Edition Oct 2024

First Printing Oct 2024

Printed Edition ISBN: 978-1-998479-18-4

E-Book ISBN: 978-1-998479-19-1

作者简介

古毅，1972 年出生于重庆，曾著有《破中论》一书。

目　录

虚觅

混沌初开不记年

沉沙长卧细滤泉

破谷泛泽终入海

玉渊头上云回源

一、绝地天通

　　彼时去古未远的人类，智识未开，生活困顿，天界上仙归藏星君上感主尊的德行，下体凡间人类饥苦。曾向文曲星君言道："凡人矇昧，空耗生命，困于原地，实不忍袖手旁观。"

　　文曲星君："若你不相助，凡人也许终有一日会自行脱离矇昧。"

　　归藏："或有似无的未来不如一个确定的因果。"

　　文曲星君："仙班恐难允准。"

　　归藏："料必如此。"

　　归藏巡天，偶见一鹤，欲擒之。白鹤逃无可逃，竟自穿下天界，归藏穷追不舍，白鹤掉头再次飞向天界。时正遇雷公电母布雷施电，闪电打在归藏的剑鞘，剑灵反弹，闪电弹回击中电母。电母受伤，见是归藏所为，诧异莫名！归藏遥遥闪身而上，并不理会她，随着那白鹤飞进天界而去。电母顿时怒不可遏。电母知自己的阴电奈何不了归藏，于是去偷了日君的纯阳镜。一日见归藏于大罗天河边行脚。放出阴电击纯阳镜，阴阳和合的光束射向归藏，归藏闪身躲过。光束射穿大罗天河，击中凡间不周山，不周山地火之门被打开。凡间遍地火起。

　　随后凡间怨念冲天，大罗天河激荡，上界震动，界内定境摇晃。

　　仙班议事，欲罪电母。归藏称不怪电母，是自己无心之失造就此因果。自己愿意下界收拾，仙班许准。班首元守星君命文曲星君造虚觅三膜护卫天界。

归藏用白鹤来换文曲星君的吸蜜鹦鹉，说是下界之后可以解闷。文曲星君心下烛照也不言明。只告诉归藏，吸蜜鹦鹉靠吸食威游宫里的慕玫树蜜为生，三日不食即会命丧，吸蜜鹦鹉带去凡间不得逾三年之期。

文曲星君翻手祭出一物，形如短柱，悬于掌心之上。对归藏道："此物乃通天柱，无需等待月圆之时天门洞开，即可往返天地。你此去凡间务必谨记，三年之内打开通天柱，让吸蜜鹦鹉自行借由此物返回天界。"

归藏遂得下凡，先移昆仑亿年冰魄封住不周山地火之门。后于民间以玄元自称。教民使用火，栽培驯化粮食，传授语言文字。更让远地野人学舌于鹦鹉，草长鹦飞，亿牙学语。

吸蜜鹦鹉传音凡间鹦鹉可算是帮了玄元大忙，玄元大感欣慰，按约定之期打开通天柱放吸蜜鹦鹉回了天界。天长日久凡间鹦鹉却让语言发生了流变，玄元也不以为意。

玄元又传授纺织技术，制作衣服御寒护体。开矿冶炼，铸造钱币，观测天象，创制律法，历法记年、教授算术、制造乐器、绘制地图、建造城池，造弓矢，造船。制定国家的职官制度。定国名震循。

凡间从此脱离矇昧之世，生机盎然！

玄元在凡间的妻子蕾仪问玄元："终有一日你将返回天界，我们岂不是天人隔绝？可有一法能随你而去？"

玄元传授了"离尘定"，让蕾仪等众夫人及子女各自修习。自己则去巡视天下。

二夫人绿戒的哥哥耸泓受玄元之命率众筑坝引水，长年与水患缠斗，绿戒向来担心哥哥脾气急躁，常引同僚与下属不满。于是把刚学得的"离尘定"让哥哥耸泓修习。耸泓不久果真就改弦更张，脾气温和得让同僚与下属惊诧。这种事情瞒不住的传播开来。修习之人从玄元的亲近蔓延到臣僚，又从臣僚蔓延出去。凡人长期修炼此法，皆感觉身体康泰，气定神闲。更让修炼此法者体认到延年益寿之功效，遂成凡间贪求长生者心头好。

玄元的长子耘仰对此却毫无兴趣，母亲蕾仪让他修习，耘仰连一小会儿都静不下来。蕾仪越是强迫，耘仰越是抵触。

玄元回来时得知此事，问耘仰为何如此？

耘仰辩称："我见众人都奔着长生的念想而去，可怜之极。龟虽寿，却无功业垫脚，徒有万年爬活，有何值得称道之处？"

玄元闻言后不语，任其自然。

凡间工作大抵完成，玄元返回天界立期将近。一切安排定当，修习过"离尘定"的机缘者中有一些人执意欲随玄元弃世登仙，其意甚坚。其中既有妻儿也有忠实的臣僚，以及依附于臣僚的各式修行人等，玄元不愿辜负众人，决定开启坛城入口，率众进入通天柱。

当日，太子耘仰率众臣僚在坛城四周护法。

玄元于坛上右手朝天，掌心托着通天柱，默念口诀，通天柱被祭起升空，通体幻成豪光，光幕垂天而降，坛城周围 500 修士全被罩进光幕之中，外面众人已经看不见光幕内修士们踪影，光幕开始流转，玄元与众修士已经身处通天柱内，玄元口吐飞升咒缓缓腾身而起，朝通天柱顶端飞升，众修士随着玄元的飞升咒带起的真气也逐次开始飞升。不久，光幕外天空风云突变，黑云电光之中，一条金龙扑向光幕。

正在光幕外护法的太子耘仰太惊，大叫："护驾！"一百王城蓝衣卫上立即列队挡在光幕外三百宫女外围，举戟朝天。金龙见状张嘴怒吼，巨大的水柱从龙口喷涌而出，那一百卫士连同身后的三百官女尽皆被金龙的水柱喷进了光幕。金龙巨吼着怒冲光幕，然而不知为何，垂天而来的光幕让沾上光幕的龙爪，龙头寸步难进。金龙用龙爪的五根尖利爪牙的奋力地抓扑着，但毫无作用，爪牙在光幕上爪出撕裂刺耳的声音如同抓在金刚柱上一样。

太子耘仰见状对金龙叫到："敖共，别费劲了。"

金龙闻言大怒："凭什么就你爹能携妻带子回天界？就你家能我就不能？"

耗仰嘲笑到："谁叫你纠缠天女犯事呢？你被罚出天界时，龙血里被打进了玄墨封印。怎么可能重登天界呢？你就是入了光幕也无法飞升，还是回去吧！"

金龙闻言斥怒道："如果不是你爹当年多管闲事帮天女作证，我又怎么会被罚下天界。"

恼羞成怒的金龙转眼看见光幕下玄元设置的六个葫芦基柱，飞扑向基柱。

此时通天柱内，玄元御气而升已至上空。他回头看了一眼随自己进入通天柱内的众人，借自己的真气带动远远的盘旋飞升上来，抬头向上望去，通天柱像一口万丈巨井，井壁上氤氲缭绕。顶上的光芒耀眼之处正是进入天界的界门。过了界门，玄元就算是圆满完成了这第一次凡间功业了。

通天柱外，金龙朝着葫芦柱用尽全力一撞，龙头锯角血涌而出，葫芦基柱却毫发未损，金龙见状气急败坏一时却无计可施。但没料到乌黑的龙血顺着葫芦柱滴落渗入基柱与土地之间缝隙。少顷葫芦柱周围的土地开始塌陷，葫芦基柱产生摇动。

通天柱内，底部坛城光幕的流转越来越慢。

通天柱顶端界门之处一道紫光电闪，霎时来到玄元头上，光隐身现，玄元一看，见是金刚到来。

金刚道："归藏星君，大难将至！"

玄元惊道："金刚何出此言？"

金刚道："通天柱的基柱受损。柱底坛城将要开始倒转，你带上九百亲人部属一起飞升，他们已经没有足够时间飞过天界坛城了。"

玄元大惊！

金刚继续道："有四百人竟是没有修真的浊体，被敖共用冥河水喷入通天柱内。你看他们把那五百修行者拖得越飞越慢，身上的凡间物品也纷纷掉回凡尘。"

玄元回头一看果真如此，最下面的人竟然有被上面武将掉下的长戟打落坛城光幕，跌回凡间去了。

金刚继续道："基柱损坏光幕即将倒转，他们沉重的色身就会被坛城倒转的漩涡吸落，而后他们会被通天柱底部的坛城吸入虚空，无法回到凡间也不能进入轮回。"

玄元闻言，如被雷击。慌乱对金刚道："大错将成，金刚救我。"

金刚道："文曲星君本受仙班所托，造了虚觅界膜，阻挡凡念直冲大罗天河，预感你有难，特让我转告你其中隐密。"

金刚手一抬，凭空多出来了一匣子，递给轩辕道："里面是文曲星君给你的密钥，你只需取出密钥，密钥自会带你找到柱壁上的虚觅别境之门，另外匣子里还有文曲星君的一本〈杂蕴卷〉，你可以打开别境之门，带领众人前往。"

玄元赶紧一边道谢一边接过匣子，立即打开。匣子里灵光一闪，一支密钥飞了出去，玄元急追了上去。密钥朝通天柱下方飞去，到通天柱约一半处就朝旁边的柱壁上一拐，玄元追至。发现密钥已经穿过柱壁前的云气，插在氤氲后的柱壁上。近前一看，那柱壁上有个双轮状雕纹，轮圈中有一孔、密钥已经插入其中，密钥转动。旁边的柱壁突然显现出一扇门、门上有一槽、玄元识得乃文曲星君惯常的规制，立刻取出《杂蕴卷》放入其中，门开始缓缓打开。玄元一见门开，来不及细想，反身朝着自己的从人飞了下去。

通天柱外，金龙见柱基动摇，大喜。不顾满头的龙血汩汩，又再腾身而起，狂笑道："归藏，去死吧。"意欲向第二根葫芦柱撞下去。

耘仰见状暗叫不好。左手抢过失弧弓，右手搭上凝肌箭。一箭射向金龙眼睛，金龙一意尽在葫芦柱，疏于防备，偏偏此时命不该绝，金龙正一低头准备冲撞葫芦柱。恰巧躲过了凝肌箭。那小箭挂金龙眼角飞过。金龙被凝肌箭箭气所伤，瞬间金龙的右眼已经石化。金龙痛怒惊赅。知道自己被耘仰的凝肌箭所伤，再不逃恐怕要命丧当场。狠狠地对耘仰说道："不要以为凡间就归你们了！没那么便宜的事儿，龙血已溶入大地，诅咒将变成幽灵。"旋即忍痛抽身驾云遁去。

耘仰闻言心中一凛！

　　因金龙在光幕外损坏了葫芦柱的地基，坛城入口提前倒转，这时玄元的妻儿，文臣，武将，医师，工匠，商贾、艺人等等一众有灵已经力不能支，开始纷纷下坠了。玄元双手一挥，用真气带住众人往上拖。但是通天柱底部坛城的倒旋，把众人往下拖。任凭玄元尽全力也只能把众人稳住而无法把众人往上拖，那吸下去的力道越来越强。众生在二股力道的拉扯中色身都变了形，惨叫连连。玄元叹了口气，只好不管众人，一撒手任其飘落。自己却化作一道光直扑柱底，玄元拨出了身上的归藏剑，临空脱手射出，剑身在空中暴涨十倍，冲向坛城。只见那坛城光幕被归藏巨剑撞得如万电劈切，巨大的剑身卡在坛城环上发出刺耳的撕裂声音，剑身受到刺激，灵力在剑身上显现，如同游龙乱窜，从剑身冲出与坛城的光幕剧烈交融，光芒四射耀眼，倒转的漩涡在暴闪中失去了吸力。

　　上空坠落的众生也停止了下坠。玄元抬头一看正妻蕾仪头发散乱，腰里常挂的棠溪宝剑早已不见，想是先前被吸下了凡间。再看其他人也大都无碍，松了一口气。缓缓对众人到"险境已过，大家随我来。"

　　玄元推动真气，团团的罩住众人。全数拖进了柱壁上的别境之门。

　　众人一进别境内，未及细看眼前的景致，只听身后声音响起，一回头，通天柱的门已经关闭。

　　这时通天柱底耀眼的光芒暴涨，然后迅速收缩。通天柱和巨剑同时消失。随着一声雷响便消失不见。

　　从此天地殊途。

　　太子耘仰在光幕外看到听到一声巨响，随即光幕消失。下属在葫芦柱界内捡到掉落的归藏剑与棠溪宝剑呈与太子。耘仰拿过归藏剑双手平举朝向空中，百官见状下拜。

　　人王时代起幕！这也是他自己的抉择！

　　虚觅别境内，此时玄元与众人已经置身于一城中大道之中，两旁木屋错落有致。玄元脚下显出花团锦簇般的豪光，随着玄元的移动如影随行，众人皆奇！城中一玉砌的二十丈高台，远远就可望见。圆台之上有梯阶旋转而上，梯阶顶上另有一小圆台。

玄元众人竟直朝城中高台走去。意欲登上圆台好居高临下把整个城看个明了。玄元命大队人在台下等待，自己领数十亲近登上圆台，众人上台一揽全城，城中空无人烟，鸡犬之声亦无。城中并无高大的玉宫金殿。古树参天却并不茂密，水道蜿蜒却并非水乡，绿色草坪遍地于大院小院里外。木房或疏或密散落于全城。众人看罢，这才回过头来打量高台中的旋转楼梯。

玄元的次妃绿戒看这悬空的玉板一块块旋转而上，很是喜欢拾级而上的感觉，便竟自走上前，抬脚登阶。没想到抬起的脚面只能抬到第一块悬空玉板的下方，绿戒只感觉自己的脚被沉重无比的力道牢牢压住，无论如何用力也登不上第一块台阶。娇喘一声后，绿戒方弃了努力。

众人皆奇，大臣丰候见这古怪，不由得也上前一试，和绿戒一样，无论如何也踏不上台阶，不得不悻悻而归。

众人皆望向玄元，玄元会意，移步上前，抬脚就踏上了第一块台阶，众人一齐惊呼。随即玄元又向上走了几步，并无阻碍。

此时忽然悬梯顶上光芒一闪。众人抬头一看，只见一道童从顶部的小圆台现身拾级幻身而下，刹那间便来到玄元面前。对玄元行礼道："白鹤奉文曲星君之命在此等候归藏星君多时了。"

玄元一看原来是自己送给文曲星君的白鹤。

白鹤道："这是通往天界的升境梯，你们所在之处正是虚觅界的第一层出尘界，上面还有第二层花慢界、第三层方仪界。方仪界之上就是天界了。归藏星君毁掉通天柱，已然断绝了天地通道，凡间众生只能从这虚觅升境梯才能进入天界了。归藏星君自然登阶无碍，但星君从凡间带来的众生色身沉重，不经修练是无法登阶的。文曲星君在虚觅界中设有凡念，虚觅，道藏三座书院，每一处皆有道童看守。存生之道修炼之法藏于书院之中，他们可以去自行查看修行"。

说到这里，童子停了下来，转用密音向玄元说道："安顿事毕之后，文曲星君请归藏星君于三日之内速登天界。三日后，仙班率众仙诸神法会，参主尊源流，攸关仙修玄命。再者归藏星君你现在脚下的毫光乃凡间凡念凝聚而成，归藏星君在虚觅界多呆一日，这些凡念就会全部集于上仙一身而没法滋养虚觅界众生。你的从人很快就会面临绝境。"

玄元心下大惊！

白鹤童子向玄元行礼，幻身而上消失于旋梯顶台。

玄元默然回头命丰候、梨牧、相先各自领人立刻去三坐书院一探究竟，稍后到台下对岸湖旁小屋复命。三人领命而去。

又命司簧带人于城中各处点查房屋，安置众人。命涌赴带人于城外探查山林土地。二人各自领命而去。

又命余下大部从人于台下休息待命。

安顿完毕后玄元对蕾仪、绿戒等人说到："走吧，我们去城中各处看看。"

玄元一干人走下圆台，绕过湖水，走到对岸的一棵古树下，推开古树旁一户小院。走了进去，绿草白沙间乌青色的石块铺向木屋，木屋比地面高出三尺，木屋的阶梯和外墙那深浅不一的木板在光照下泛出淡淡银灰。五栋小屋由门廊连成一体。

众上一起入得正屋，绿戒看着屋里的茶台上的器物笑道："我给大家泡点茶吧！"众人说好。绿戒打开茶罐，罐里茶香飘逸而出，不浓不淡，不妖不艳。但却源源不断沁人心肺直冲顶盖百会洞开。绿戒知是妙物，心下喜悦，就着旁边的小炉生火小心治水自不待言。

少倾，三夫人桐语从门外进来，对众人说道："找到的不知道能不能称为厨房。有柴有灶有水，没有任何食物。"

众人一惊！

正好绿戒呈上茶汤。

众人又品饮了一会儿绿戒的鲜水茶汤，皆享其妙。顿时觉得饥饿消失。

玄元心下了然。众人也多少估到此界可能没有食物仅是以茶为食。

这时丰候三人寻来此处，报与玄元："星君，二座书院均位于城中一湖边，围湖有二座小丘，书院于丘前临湖而建。分别名为'凡念书院'、'虚觅书院'。还有一座'道藏书院'并未得见，想必不在此城中。二座书院内有伺值道童打理，院里收藏了包罗万象的书卷，各涉凡间与虚觅。司值道童受文曲星君之命引导属下打开了虚觅书院的地宫，地宫里有壁画，绘有这虚觅别境的全图。此别境为文曲星君设造的一膜界，文曲星君利用"杂蕴卷"在膜界内新开出了三层空间，下能广纳"凡念"以滋别境，上能玄通天界之门。虚觅界这三层空间，隔在天人之间。挡住了俗世上冲的浊气，也借用俗世的念头撑住了天界界基。虚觅界里的修士需广集俗世凡念已资升阶。"

玄元闻言，沉默不语。

正好司簧回报："星君，此城不小，大小院落繁多，样式不一而足。探查一时未能详尽。但臣下已于高台之上窥得大概。高台即是城中心。修士本来只有五百人，加上后来被金龙逼入通天柱的三百宫女加一百甲士，总计仅九百人。臣下可以迅速分别安置。"玄元额首。司簧自去安置。

等属下离去，玄元叫过蕾仪、绿戒，桐语道："自下界以来，幸得三位夫人鼎力相助，不甚感激。本想善始善终，同游上界。没想到天意难料，缘份难续。不得不别你们而去。"

三位夫人闻言大惊失色："这是为何？"

玄元告知了缘由。三位夫人一时间百感交集不知所措泪如雨下！

玄元又道："吾去之后，你们要勤于修习离尘定，善育孩子。静待他日机缘。"

第二日，玄元招集丰候等群臣交待了缘由，群臣俱知事已至此已难挽回。

玄元对众人道："此城已不必按凡间国家制度来规范，只需成立长老会处理修行相关事宜即可。"

安顿好从人后，别妻离子，玄元独自重返天界。玄元离开后，虚觅众生得凡念滋润，暗陈的面色渐渐容光焕发。

留下的九百随从在虚觅别境继续自修，竞逐登上升境梯的机会。丰候主持了长老会的举荐，成立长老会。丰候，梨牧，相先、耷泓、临炉、允目、霍滴，亿合、蕾仪等九人成为长老。丰候任大长老。

除了四百宫女卫士要从头修离尘定之外，五百修士本就有"离尘定"的基础，但始终无法打开"地镜"。随着时间的流逝，梨牧，耷泓二位长老离世，出尘界里弥漫着焦虑。如果打不开"地镜"，就无法收集更多的凡念来支撑虚觅修士，虚觅修士就无力升阶。命尽之时只能投胎转世。

直到雾轮悟道。

二、雾轮

　　雾轮出生于虚觅界，在通天柱内飞升之时，蕾仪的宝剑掉落时不巧砸到了蕾仪的随身宫女铃香，铃香下坠时，与趋在下面正好接住了她，也就接住了雾轮的母亲。

　　与趋长年醉心于星辰，雾轮自小就对星辰毫无兴趣。修习‘离尘定’也马马虎虎。好在父亲与趋也不刻意，任凭雾轮自己所好…

　　雾轮对凡念书院里的书籍特别有兴趣，小伙伴有时约他出去玩他也不去。书院里描述的凡间事物可以让雾轮在书院里一呆就一天。雾轮就近找了一个小院住下。十三岁那年雾轮在一本厚厚的记录凡间山岳江海的书里看到二个细小圆点点出的图案，这两个看不出来是什么东西的图案一个在卷首，一个在卷尾。雾轮很好奇，自己琢磨了很久也没弄明白。于是雾轮回父母家向父亲与趋求助，恰好父亲出外没在书房，雾轮看到书案上散放有父亲画的几张叠在一起的星辰图。

　　雾轮一低头无意中看到下面一层的点点星辰透过薄薄的纸显露到上面的纸面上，如被电击！雾轮回到自己的小院，双眼闭合，入定盾。让那两张图重叠定意于眉心，片刻，那二张奇怪的图合二为一后，竟然是一个栩栩如生的美丽庄严女子。光润幽兰之态令雾轮呆住，雾轮在出尘界从未见过如此美丽的女子，一些从未有过的很舒适的感觉生起。雾轮还没来得及开口问，那女子对雾轮微笑说道："我可以助你打开地镜，以后整个出尘界的修士入定之后即可于眉心现观凡间，我被困锁于这地镜之中、如果你打开地镜、我得解脱。将来定将报此恩情。虽然我可以助你开地镜、但开地镜时也是非常危险的，稍有不慎危及性命，你可愿意以身犯险？"

　　雾轮想开不了地镜、虚觅修士终归难逃一死。再说这都是其次的、重要的是雾轮无法忍受如此美丽的女人被困死在地镜中，便回道："为了让姑娘脱离困境在所不辞。"

见雾轮如此坚定，那女子略微迟疑了一下，继续道："如果你想打开地镜，请闭上眼睛，跟着我的声音吟唱。"

雾轮听从，在定中闭眼。只听那女子的声音由低到高，由近及远的哼出了一个调子，雾轮随即照做了一遍，顿觉灵流瞬间由气海冲向顶莲，顶莲灵能暴涨。女子的声音再次响起："睁开眼，把灵力引向眉心。"

雾轮开眼，灵力如流冲向眉心，眉心形同明镜，镜中突然现出一护门兽，护门兽张嘴一吼把雾轮灵力逼住。雾轮大惊，奋力顶着，但护门兽再次一吼，雾轮已是有些不支，灵力再次被逼退。雾轮心惊，如果灵力被这护门兽逼回，恐怕自己顶莲被毁成为废身。

千钧一发之际，女子的声音再度响起："那护门兽是你心中的恐惧幻像，忘掉一切专意于眉心观想我。"

雾轮赶紧收束心神照做，稍后那女子的面容逐渐清晰，护门兽逐渐模糊融化于眉心，女子随着一声解脱的长叹羽化消失。旋即地镜第一次于眉心打开。凡间一切一览无余。

一时，整个出尘界颤动，每一个出尘界修士都感受到灵流在身上的异动，雾轮家的上空紫光电闪，氤氲云集。出尘界的修士们见状大惊失色，纷纷肃立敬观。

白鹤童子也现身于升阶梯的坛城顶台，明白出尘界已经通连地镜，心下称善。

雾轮惊喜而好奇的现观凡间百态，但瞬间地镜就关闭了。雾轮猛然醒悟，是自己情绪波动太大裂断了地镜，于是重新收束心神，方寸湛然，地镜再次打开，但少顷雾轮发现所有能动的东西似乎都动的太快，书上的"人潮如梭"原来并不是夸大其词。虽然无法锁住目标，但雾轮忽然明白了，为什么出尘界一天，凡间十天。心念一通，雾轮看着凡间正日中，暂且出定。

雾轮睁眼，神秘女子立于雾轮之前。雾轮看着这幽蓝光影问："你究竟是谁？为何没有我们一样的身体。"

女子道："我本是天界荷仙，因犯事被困于地镜之中，你且暂莫问此事，我倒想问你，如果你刚才不幸丧命于护门兽，你可会后悔？"

雾轮到："我既已决定救你出地镜，断无后悔之理。只管尽力，管不得结果如何。临近危险之时唯有全力一搏而已。"

荷仙闻言颇感触动。

荷仙道："今日你已开了地镜，凡间万物皆流，稍纵即逝。你可知道如何应对？"

雾轮回答："我试过凝神，让神识奋力探向凡尘，但咫尺之间即寸步难进。"

荷仙轻笑："待地镜打开之后，你可一试反向内收神识。"说完随即隐去。

雾轮复又入定盾，按荷仙的方法反复练习，不久就收放自如，凡间诸物在眼里终于不再川流如梭，复归平常。此时凡间已经入夜，雾轮终于可以锁定一睡者，进入其神识一探究竟。但是雾轮发现了他意料之外的情况，雾轮的"风息"与睡者的神识没有接触之前可以感觉到睡者的神识仿佛凝固的光球静静的安立着，当雾轮的神识"风息"一进入到睡者的神识光球里面，那睡者的神识光球里倒是像被霎那激发，炸开了锅，和雾轮的风息交融在一起。这个混染的东西让雾轮一惊，赶紧收回"风息"。抽离之后，睡者的神识光球复又冻住了。

雾轮立即出定，带着疑问迅速去往虚觅书院。翻开那卷自己潜心研习的《地镜》逐行阅读细致思考。读到结尾处雾轮发现比平时多出来一段文字，解释了雾轮的疑惑。雾轮豁然明朗，原来这本《地镜》的内容是随修士的境界进升而逐渐打开的，没有打开自身的地境之前是看不到余下的内容的。哑然失笑："文曲星君老人家真是不喜欢简洁啊！"卷尾的新补内容言明：

只有在凡间之人处于清醒的静谧专注中，虚觅修士的神识才能不留痕迹的把"风息"送入凡人的神识之中。当凡人入睡时，六识尽皆休眠，无法接受"风息"，如果要让睡者接纳修士的"风息"，修士的风息必须"破门"唤醒睡者的神识，但是一"破门"，眼耳鼻识身意六识俱醒，嘈杂喧嚣骤起，修士那微弱的"风息"就被混杂在六识大声的碎杂吵闹之中，睡者朦胧之中的意识无法清晰接纳修士的"风息"。睡者在的梦境中所见所闻其实是修士"风息"与睡者自己的诸识混在一起搅糊了的一碗粥，妄念幻梦如杂草丛生。

而清醒的入定者以强大的控制力让嘈杂的诸识消音，虚觅修士微细的"风息"就无需敲门，可以不受干绕的悄无声息"送入"定者的神识。

凡人专注一事到极致之时，会有涡孔出现，也能接纳"风息"，但没有修定者的九环光带，微弱的"风息"易受干扰。再加之凡人专注到极致的时间对虚觅中的修士而言如白马过隙，寻常修士也难以扑捉时机把"风息"灌入凡人的神识之中。

雾轮有一些兴奋，自玄元上仙离开虚觅重返天界之后，自己应该是虚觅界中第一个一窥玄机的修士。

雾轮好奇，就去查探了一下震循王的神识。发现既不是凡人的关门闭户也没有修定之人的光环。有透明的气膜包裹无法进入。里面隐透出一朵牡丹花，看似花瓣少了几瓣，雾轮不解，于是观想荷仙，荷仙现身向雾轮道："这是私印，应该是归藏星君所留。似乎是传一代少一瓣花瓣。你在虚觅书院可以学习如何使用私印。修士聚收凡念时一旦给凡人设下私印，其他修士就无法染指"。

雾轮学过如何设私印，只是这是头一次见着在凡人神识上的私印，这下才明白过来。

雾轮闻言心念一动，问道："如果给修觅修士设下私印，那岂不是捷径？"

荷仙笑道："文曲星君岂能允许这种事情发生？不信你试试"

雾轮一试，果然。除了开地境探向凡间，自己的神识根本无法探入虚觅。

雾轮还不死心，问荷仙："有没有其他法子可以探查虚觅修士的神识呢？"

荷仙道："你若登阶成仙体，自然可以。"

　　雾轮笑道："那我就放心了"。

　　过了二日，长老会请雾轮去，雾轮不愿告之。丰候对雾轮说："你愿意看着你的小伙伴们完全失去登阶的希望吗？"

　　雾论一来不忍，二来心思都放在荷仙身上。于是向长老会告之地境的开启过程。当然隐去了荷仙那一段。长老们一边赞叹雾轮天赋异禀，一边纷纷忙着尝试着去开地镜，也无人细究。很快，长老们周之出尘界。出尘界真正跨入了升阶时代。

　　按照书院的升阶图鉴里的提示，雾轮开始使用地镜耐心寻找凡间"印记"。玄元离开凡间之后，尚有不少修习过离尘定的人散落凡问代代相传。雾轮很快就在山清水秀之地找到了一个。瀑布不大，底部一个七八岁的小孩盘坐入定，任由瀑布的水流从头顶倾下，阳光在水流散射的头顶周围泛出了环状。雾轮一看他在借灵泉灌顶，知这小孩已经是修定经年了。正是好时机，雾轮立即一探小孩神识，还是一个光球，光球是由九格光带围绕而成。每一格之间都有空隙。雾轮了然："原来如此！"

　　雾轮见凡间小孩，自然的起了惺惺相惜，当即就把自己的私印授记到小孩的神识中，雾轮微觉诧异的是，自己设下的私印是紫色的，与归藏星君设下的私印看起来并不相同，里面也没有牡丹花。雾轮的风息直接通过空隙飘进了小孩神识——风息里只有八个字"灵流泽躯，智法上善"。

　　不久之后雾轮果然看到小孩在纸上写出了这八个字，出定之后雾轮突然感觉自己身体比平时轻了一点，行路时都有灵动飘逸的感觉。雾轮思忖这或许就是小孩的凡念起的作用，心下甚慰！

　　雾轮大受鼓舞，怎奈这孩子心性跳脱，并不按时入定，兴趣突然就被射箭所吸引。雾轮的身轻如燕又消失了！雾轮白等几次无果后只好放弃，收回私印，另觅他人。一转眼就看到孩子的爷爷，老者每日晚准时入定，正是好时机。雾轮一探，经年累月修行的老者的光球已不是他孙子那样的环状，而是像破絮一般。更令人诧异的是老者入定后的神识在光幕里化成一条流星，流星的头追着自己流星的尾围着一个点旋转着。酷似追着自己尾巴转圈的小狗。舞轮直觉是老者的修行走入了困境，但暂时也不知是何原因。

　　雾轮看着老者的神识在破絮的光球里不停的自转，试着让自己的风息送进去一串字"是时候停下来了"。没想到这一烟风息还没靠进神识就被神识的旋转带出的波风逼出了光球。雾轮随即出定，带着疑惑去到了凡念书院，但这一次书里没有答案。

　　然后雾轮转头又去了虚觅书院。

　　在书童的指引下，找到了一本《幻境觉迷》。这是一本收纳入定后产生各种岔道的书。雾轮在书中找了一阵，找到了一个近似的注解————-或有入定者把专注放在自己的念头上，对一个念头接一个念头不停的扑捉，就会造成狗自逐尾的结局。入定者此时会误以为自己只是作为旁观者任凭念头自流，忽略了这些念头仍是自心妄念。

　　雾轮已知大概，但也无从下手。于是乎入定开地镜，正巧看到小孩回来，连弓带箭往远处乱扔，一屁股坐地上，呆起了！雾轮猜可能是这小孩射箭不顺生气了！小孩气呼呼的朝家里的后院去了，说是后院，其实没有院墙。这里本是半环抱小院的凹形的绝壁，虽不太高，也有四，五丈。瀑布就从高处飞下，水流从整个小院的地下穿过，注入前门的溪水中。少倾小孩在后院的瀑布下把衣服脱了放岩石上，自己在水柱下入了定。这小孩倒是个狠角色，遇到挫折，自己知道用入定来疏导自己的情绪，很扛打。雾轮还惦记着小孩的爷爷，于是用风息给小孩送进去一句话"如狗逐尾，定盾终废"。

　　小孩出定后在书房写下了这八个字后把弓收了起来，可能是小孩把这八个字悟成因为自己志趣杂而散乱，不是好事！雾轮见状只能苦笑。

　　小孩的爷爷回来进了书房，看到"灵流泽躯，智法上善"时还好，留露出赞许的神态，转眼看到"如狗逐尾，定盾终废"后，沉吟片刻，如被雷击。霎间头上冒汗，瘫坐在椅子上。

　　雾轮见状知已生效，心下稍安，自忖小孩子太小，老者也不堪用。转到国都的厘卷库，这里是官方整理藏书的地方。雾轮看到厘卷库里一堆人忙忙碌碌攒动着，只有一个案几后有一中年男子端坐，静静的看着案几上的卷轴。雾轮一看卷轴，正巧这卷轴正是官方留存的《离尘筑基》。真是得来全不费工夫！立即潜入男子的神识，果然一旦安静下来专注一处，什么可能都会发生，男子神识的光球表面只是有些漩涡状的小孔，显然还未修习过离尘定。但是其专注程度已经足以接纳风息了。雾轮送了一串字符进去"不如一试"。

雾轮一直观查着这个中年男子，几日过去了，这男子终于开始静坐入定。又过了月余，雾轮探查了一下男子的神识，光球已经扩大了缝隙。这男子不但坚持不懈而且控制力强悟性也高。但吃了上次小孩的亏，这一次雾轮没有冒然的把私印授记给男子。又过了月余，光球缝隙已经呈带状。雾轮试着送了一串字符进去——"我心非石，不可转也"。隔天就见男子手书"我心匪石，不可转业"。雾轮见状心生疑惑。改天又送了字符进去——"抛欲乃静"。隔天见男子手书"抱欲乃进"，男子看着自己写的字呆立片刻，重又下笔在四个字上画了一个叉。

雾轮这下明白了，虚弥修士的风息送进去之后被凡人转成音声在接纳，可能被误听。

雾轮择机重新用风息送了一个长句进去"苦定过久不如适可而止，贪恋禅乐难以保持长远"。

男子并没有立即出定，仍然守持于定中。雾轮也微觉诧异！

过了很长一段时间之后男子才出定，然后在书案上写下了"持之以恒，不违初心"。

雾轮见状大惊立即出定盾！雾轮这下算是看出来了那个男子并没有简单的听从自己的"内心声音"，他在冷静的权衡，反思，抉择。

雾轮知道这中年男子学识不凡。

雾轮没想到文曲星君设计的这个游戏如此的多变。他再次来到虚觅书院向持守童子请教，童子听后回道"无可奉告"。雾轮又去问荷仙，荷仙也不明所以，于是作罢，知道只能靠自己了。

过一日，雾轮父亲与趋出游归来。雾轮去问安，顺便就提到了这些事，与趋一惊一喜，惊的是没有想到自己的儿子这么猛利，喜的是没想到自己儿子这么猛利。因为自己在修行上并没有什么高妙之处，也没有什么好的建议。不过与趋以自己的经验告诉雾轮，虽然诸事并不完全随心，但仍可择机在事物之中施加影响，不妨先一观其变。雾轮觉得父亲说的有道理。

雾轮再次把注意力集中在那男子身上，从旁人口中，雾轮得知这男子名叫纸桑。

雾轮择机再次向纸桑神识送入了"收徒"，这次纸桑没有让雾轮失望。不久之后，纸桑果然开始对外收徒了。雾轮又向又溪的爷爷送入了"王都寻名师"。不久老者带着自己的孙子又溪来到王都寻到纸桑，送上厚礼。老者道："小孩子八岁了，名唤又溪，自小随我学字识文。他父母经商几年前去了南方，自今未归了无音信。自感年事以高，人老体衰无力继之。望先生收纳。"

纸桑看了看小孩问道："又溪，你愿意来学习吗？"

小孩回答："愿意"。

纸桑纳为徒，让又溪与先前收纳的学徒一起同住同学。

雾轮观察一段时间，见又溪在纸桑这里按步就搬的学习，规律渐渐养成。心忖须放长远，于是择机把私印重新放进了又溪的神识中。又溪成了雾轮在凡间的"印记"。

雾轮则时常与荷仙探讨所学所见，雾轮发现荷仙其实对很多事情都不了解。荷仙急于寻找方法恢复真身，只是书到用时方恨少。书中很多读不懂的地方反而是雾轮在教她。

又溪也不负雾轮所望，一边努力跟纸桑学习，一边在雾轮的点拨之下不断破除障碍。纸桑认为自己的众弟子中又溪非池中之物。

三十年后，又溪已经被世人称为又溪先生。雾轮的家里的绿草已经被又溪聚集的凡念变成了紫草，紫草慢慢长成了树苗。老师纸桑自感时日无多，招又溪至床前。

纸桑问又溪："你将来是选择住山下还是山上？"

又溪想了想回答："住山上"

纸桑又问："你会厌弃山下吗？"

又溪回答："不会"

老师纸桑了知又溪心意，于是招弟子鱼黄交待后事。

纸桑对鱼黄道："记住水清无鱼"

鱼黄回："有渔人曾告诉我海清而鱼丰。"

纸桑道："但你活在江边，这个世上有多少人因活在江边却梦在大海而淹死在江水里。"

鱼黄顿了顿叹了一口气回道："仅尊老师教诲，不是每个人都能做又溪的，愿此生江边守月。"

纸桑尔后转世而去。

又溪广纳门徒，成立又溪学派。

此时雾轮已经十六岁了，又溪学派扩张后聚集的凡念已经让家里的紫草树苗已经长到膝盖以上，雾轮来到出尘界的旋转登仙阶，竟然能拾阶而上。只是到三分之一处就再难抬脚。雾轮无奈退了下来！

雾轮感觉自己的观念透过"风息"传递，有时并不如意。于是入定盾观想荷仙。荷仙现身，雾轮求助，荷仙告诉雾轮："你既然可以观想我，亦可以观想物之景象。"

雾轮曾见过父亲与趋画了一张图，横竖各二十一道线均匀交叉。平时采捡了一些黑色、白色的小石子在上面排列星辰图。雾轮就试着把这个图观想之后送入又溪的神识。又溪把这张图画了出来，又找来黑白小石进行研究。但不明所以，雾轮见星图能送进神识，大喜！于是又观想了一座山峰送进了又溪的神识。

又溪后来不自主的效游去登了百丈山。当又溪到山顶回望山下农田纤佰纵横，正形同那张二十一道线。回去后就开始把那张格子图找来细思。又溪发现这个格子图和黑白子很利于展示二支作战军队的阵形。又溪和弟子毕竟都是修真炼气之人。于是依气绝身亡之理给每个棋子制定了角上二气，边上三气，盘中四气的死活规则。又溪认为一支军队的存活必然离不开二样东西"食物和水"。所以制定了两眼活棋的规则。又溪和弟子们又定了一些其他规则，竟然可以模仿两军交战。后来他们又觉得二十一路太多，改成了横竖十七路。于是围棋游戏被又溪学派创造出来。

雾轮后来看到这个目瞪口呆，自己无心插柳竟然被又溪他们弄出个这么玄乎有趣的东西。学了来给父亲与趋看。与趋见后无奈苦笑道："哎！步步夺命，招招追魂！我这祥和的星辰图怎么被又溪他们搞得杀气这么重！"

荷仙来见雾轮，荷仙道："我仙根被水神所伤，尽管耗费时日想尽办法，在这虚觅界里也无法成形，终需历凡间一趟，借凡间之荷才能恢复原形，你会等我吗？"

雾轮脱口道："一生唯愿等你"

荷仙闻言抖动

荷仙道："只是尚有一事"

雾轮道："何事？"

荷仙道："此去凡间，我将记忆全失，全赖你的风息引导才能借水而回。若借水而回时找不到入口，就前功尽弃。我需得去道藏书院查到凡间的入口，到时你才知道如何引我至入口回虚觅。只是这道藏书院在花慢界，白鹤童子看守着，不准擅入。需得你帮我引开白鹤童子才行。"

雾轮道："我尽力一试"

雾轮登上了升阶梯，至三分之一处停了下来。雾轮用脚猛跺阶梯，大叫白鹤。白鹤童子果然现身了。荷仙见白鹤下了升阶梯立即偷进了花慢的道藏书院。

白鹤童子问雾轮何故？雾轮就开始喋喋不休的述苦，从他爹与趋在凡间一心向道开始说起，抱怨聚积凡念生阶如何艰难，文曲星君设下的障碍太过复杂难解。

然后又絮絮叨叨东拉西扯说了一大堆，听得白鹤直翻白眼。

白鹤实在是听得不耐烦了，就对雾轮道："看看这出尘界之中的众修士，上天待你不薄了，你还不知足，其他天赋远不及你的修士又将如何？"

雾轮接过话头又继续道："对啊！仙童说得没错，天赋如我尚且苦不堪言，更何况那些远不如我的修士？想想看他们是如何之绝望啊！我来向仙童述苦又岂因为一己之私。也是为众修士呈情啊！"

白鹤两手一摊："这本是星君总揽，又岂是我一个小小仙童能改变的？"

雾轮道闻言又是一通宛言求助白鹤童子转呈文曲星君，才告辞而去。

荷仙回来见雾轮。雾轮忙问："寻到入口了吗？"

荷仙道："没有"

雾轮丧气道："那该如何是好？"

荷仙道："虽然没找到入口在哪里，但查到此入口是水神的妻子樱桃仙子所设，乃是一高山中的湖泊，湖面形同樱桃，湖水颜色如同刚长出不久的淡黄樱桃。"

雾轮道："如此甚好，我一定能找到此处。"

荷仙道："我此去凡间投胎，时辰不容错过，你务必找到樱桃湖。我借水而去，必当借水而回。你要记住在我十八岁之前引我去高山上的樱桃湖，我自会寻天水而回。"雾轮又问："如何在凡间寻你？"

荷仙道："我投身大江之南，南鹿山以北。此地名曰燕下原，原中有一平顶孤山，山的东边就是燕下镇集，此镇集乃九水汇集之地。投身之户有院内荷塘，荷塘形似半月。溪水由南来入院，北向穿院而出。我的神识不比寻常修士的九环光带，而是莲朵，一看便知。

荷仙一去，雾轮很快在燕下镇集寻得荷仙转世之处。雾轮一探婴儿神识，果然是莲朵。雾轮很是欢悦。

于是高高兴兴的去到凡念书院，一边在书卷里查一边开地镜。费时良久也未曾在南鹿山上找到樱桃湖。雾轮很是沮丧，凡间山川雄浑壮阔，凭一己之力找个樱桃湖何其困难。他突然想到又溪学派人多势众。

雾轮引导又溪回到老院，又溪先生触景，感概良多，爷爷已经去世多年，父母也仍然没有消息。又溪再次坐到了后院瀑布下入定，雾轮趁机送入了"源水寻湖，依神立教"八个字。随后又送入一个淡黄色的湖景让又溪先生看到。

又溪出定，回了王都。

择日，率门下离开王都重返老院，于老院后壁寻瀑布源流而上，进入大山，逆流寻源。经十日，险危丛生，疲惫不堪，粮食断绝，众人样貌走型。终于云层之上见得密境。密林之后有潭，又溪见此处景致与山下后院相似，心有不甘。遂率众从右方攀上潭上瀑布顶端，终于得见源头仍是一湖，被合抱于三峰之中，湛蓝静谧清澈。又溪率众食水，众人互视，精神重新，疲态尽去，饥饿已除。奇之！少倾湖面动波，波滚成云，众惊，伏身下拜。少时暴雨入注，湖上雪练披风，水面开始上涨，瀑布的响声也开始变隆，又溪先生见此湖虽是神奇，但并非自己欲寻找的那淡黄色湖泊，于是率众离去。但此时右方上来的路已被瀑布水流盖住，又溪先生只得和弟子们急从左方寻新路退下山去。

行至一半，又溪终于见到那淡黄色的樱桃湖，入水口细窄，正似那樱桃的果蒂。此湖形式樱桃，并无出水口，只是在樱桃湖的另一边轻轻漫出，挂成水布而下。又溪停了下来，率众弟子拜湖，然后往樱桃湖下方寻去。行至一大湖边空旷之地，见此处地势较缓后有林木密布，林中有不少山中食物，于是安排一部分弟子先行下山准备物料上山，自己带一部分弟子于湖边驻扎。

经年，又溪先生于山中营建出烟波浩淼殿，山下老院扩建成水神官，以便世俗祈求风调雨顺。又溪先生再次率弟子朝圣神湖，苦寻三月竟不得见。遂罢！归返后又溪先生仍不甘心，寻樱桃湖的入水口而上，但尽头却是暗河的出口，无法溯源，遂罢。于是列樱桃湖为水神宫圣地。后于烟波浩淼殿中著经，立教，广延教众。

雾论终于在烟波浩淼殿周围发现了樱桃湖，大喜过望。不时去探望荷仙，荷仙渐渐长大。雾论听到了家人叫荷仙的名字"雨月"。

雾轮心思都在荷仙雨月身上，无暇顾及水神宫。随着时日增长，院里紫草树长高后又缩回去了。雾轮不解，开地镜，见竟然有龙王庙的人公然在水神宫大门外招揽信众。雾轮再去观察山上的又溪先生，发现他知道此事，但一筹莫展。

雾轮感觉有非人类插手其中，更加令他不解的是龙族这么做并没有多大好处。人间凡念并不能滋养龙族。于是寻找到龙王庙的总持事，耐心等待，择机查探了总持事苛孟的神识。雾轮这才看到，苛孟已经被修士封上了紫色私印，无法探查。虽然不知道是谁下的私印，但是已经大概猜到是须觅修士所为。雾轮虽然不带帝王贵族的血统，但年轻人的求胜心却也不弱。

雾轮从父亲那里得知金龙熬共的缘起后，转身去虚觅书院里寻找路径。查阅典籍才知道，虚觅修士的神识被禁止达至熬共栖身之地南冥。雾轮猜测已经有修士犯了禁，私会过熬共。雾轮去找制茶人用壶，用壶常年往各家送茶。雾轮借用壶送茶到家之机索要出尘界紫草树的详情。用壶不肯。

雾轮请用壶转身回避，然后小心治成茶汤。随后制茶人用壶品过茶汤之后如沐春风大喜过望，于是给了雾轮一个出尘界里长出紫草树的修士名单以及详情作为交换。雾轮如实展示了泡茶的新法，其实是雾轮无意中从又溪那里看到的"跳水法"。那时的又溪还是幼童，纯属好玩，小孩子手小不喜欢大盏，用他爷爷的茶具煞有其事的把茶水从大盏中泡好后倒出，用小盏来品茗。雾轮见又溪品茗后神情夸张自怡，其实那不过是又溪自己强行营造出来的表情，并非茶汤好喝到情不自禁。爷爷的茶其实并不好喝。

雾轮照猫画虎一试，竟然大感意外，出尘界的茶汤陡然间苦涩尽去，鲜醇馥烈。于是就常用此跳水法来沏茶。

用壶学会后欢天喜地而去。

经过细思雾轮很快就在名单上发现，以前玄元的卫队归允日长老下辖，卫队的副队长名叫左尔，听制茶人用壶描述左尔家里紫草树华茂，已经过腰。竟然比允目长老家的紫草树还高大。允目长老曾随玄元长年征战，精于兵法，造诣颇深。且早在跟随玄元到出尘界之前就长年修习离尘定。自从雾轮开地镜之后。像蕾仪，允目长老这类有一技之长傍身的老修士各展所长，吸纳凡念轻车熟路。左尔是被金龙的冥水喷进通天柱的，当时并无修行，且年纪尚轻，至今才三十多岁。雾轮猜测凡间龙王庙与左尔有关，暗忖不好对付。于是一边不时观察凡间龙王庙，一边重回书院用心研习。

　　不久凡间龙王庙总持事苟孟回老家浪衔坪探亲，苟孟二岁时就被父母带离了故土到外闯荡，现在回家颇有衣锦还乡的架势。苟孟老家地处偏远、交通不便，与震循国之间丛山阻隔，不在震循国的控制范围之内，虽然也受了不少震循文化的滴浸，但民风民俗上差别甚大。乡亲与他谈起浪衔坪地处大江左岸，地势低洼，湖泊湿地众多，大江涨水之时，泛区扩大，岸边能种植的土地越发变少，民众穷困。不少家的女儿都嫁到对岸下游三十里的燕下原去了。燕下原在大江右岸，沃野千里，家有余粮。

　　苟孟闻言若有所思，择日率仆从驾舟渡河到对岸一探究竟。船往下游行约三十里，见岸边两丘山之间有堤坝，长逾八百步。靠坝上岸，坝后的确是沃野千里，阡陌交错，鸡犬相闻，遥遥一望远处就是燕下镇集，苟孟不禁喃喃自语："这可比浪衔坪的三山集大多了！"

　　一河之隔竟然是天壤之别，没有想到震循控制范围之外竟然有如此地界。苟孟询问当地人，这堤坝是何人所建？当地人回应是燕下原大族长丹周的父亲当年从震询国学回，带领燕下原众族人合力所建。

　　苟孟思忖这正是广殖龙王庙的好地界，于是立即回程，从麾下各庙调集人手到燕下原镇集买地修建了新的龙王庙。然不曾想到燕下原的人对龙王庙毫无反应，据手下人回报———燕下原民众大都认为坝要靠自己修、田得靠自己种，再加燕下原民众认为龙丑陋凶恶，不喜。

　　于是苟孟亲自到燕下原指挥活动，在民间散布一些恐吓的言语——"遇龙不拜，十年九灾"。过了不久燕下原的九十三族大族长丹周查得原由，命人没收庙产，并把龙王庙一干人等驱逐出燕下原。

　　苟孟气急败坏，带人回到上游老家浪衔坪招集乡党密谋，筹备。三个月后至汛期刚过，趁燕下原撤走河坝上的守堤大队。苟孟率浪衔坪人众夜里偷袭燕下原河坝。杀死少余驻守堤坝之人，扔进大江。打开十孔引水渠闸门。黄龙与苟孟勾结连夜在上游发大水。燕下原一部分田地被淹，之后大江水位随之大幅下降，浪衔坪沼泽里的水也尽数退去。浪衔坪早有准备，随后开始沿河修坝并于坝上建龙王庙进行祭祀。浪衔坪周围山区的人见到苍海变良田，纷纷迁下山来，一时间浪衔坪人气大旺。

苛孟也没有歇着，同时派人扩散流言，说燕下原民众因冒犯龙王，不敬龙庙，招致大水。不少地界的民众闻言惊惧，开始信奉龙王庙。苛孟更是不停新建龙庙纳财。

汛期结束燕下原水退之后，大族长招集九十三族族长，合力修复被破坏的堤坝，开始调查原因。不久下游族人派人送回被袭杀的守坝人尸体，并向燕下原族长会打探是否曾经有冒犯龙庙的事儿。众族长查看尸体上的刀口始觉事情不简单。而浪衔坪并不是铁饼一块，一些消息走漏出来。大族长得知苛孟串通妖龙作恶后又惊又怒，但燕下原现在处于灾后重建，又要加固堤坝防来年洪水再来。大族长丹周劝慰众族长暂时隐忍了下来。雾轮在书院修学，错过了此节，事后却吓得不轻，还好荷仙家里地势略高无甚大碍。但雾轮毕竟担心荷仙遭难。于是设法引又溪先生去燕下原。又溪先生常常被雾轮传入的"妖龙在野，神道难安"几个字所扰，不得清静，得到山下传来消息燕下原有妖龙作乱，于是率门下弟子远游燕下原，拜访大族长丹周。大族长丹周对又溪一行甚是礼遇，并具实相告。

略晓大概后又溪先生直接起程去王都拜访自己的师兄，老师纸桑离世后，师兄鱼黄仍寻老师的旧路，就职于官场，侍于国相。鱼黄见师弟下山来访，知其必有要事，屏退左右。闻得事件始末后大惊。鱼黄长午熟读官修，当然清楚金龙血毁通天柱的旧事。今番闻沉渣重起，有妖龙作祟。于是速秉震循国国相。虽然王都并无龙王庙，但震循国内有龙王庙一事国相是知晓的，国相以为不过是民间荒诞之举，并未重视。今得鱼黄来报才知道其中的玄机。国相认为燕下原远离震循疆界，交通阻隔，实难派遣大军前去，但密命将军质偃领边军三百，化妆成平民商户分散远涉燕下原待命，另向震循王求取失弧弓凝肌箭交于质偃，相机而动。

很快夏汛又至，整个燕下原自然不敢懈怠。高度戒备。没有想到上游的浪衔坪堤坝因修建仓促，坝基不牢。汛期一来，坝毁。坝上龙王庙也被大水冲毁。浪衔坪重归沼泽。

此事迅速传遍，世间以此笑柄作为谈资。龙王庙随之香火大降，信众弃若敝履。

雾轮在出尘界里也没闲着，再次求助制茶人用壶。果然探得左尔家里的紫草树缩小到腰下。雾轮随即把此事报给长老会，丰侯与诸长老商议之后，认为难以证实，决定先不动声色。雾轮也无可奈何。

苛孟并不死心，派手下广布谣言。威胁民众疏离龙王必遭报应。

很快，苛孟勾结黄龙，重发大水。大河两岸形势危急。燕下原的各族族长开会议事，均认为汛期已过半月，此时发大水必有妖，但是没有更多的发现、也无计可施。将军质偃暗中聚拢手下士兵，扮作村民，在坝上演出斩龙戏，极尽羞辱的唱词引得龙现真身，黄龙张口对坝狂喷大水。一些士兵被水冲走。质偃早就伏于一旁，乘其不备，失弧弓弦响，凝肌箭一箭射入龙头，龙头旋即被一寸寸冰封，一寸寸脆裂，落入大河，河水随之慢慢退去。

后来堤坝被民众称为屠龙坝，立碑作记。

失弧弓乃玄元上仙所留、失弧一响，天界即知，随后仙班有令下，禁止冥界龙族进入凡界。

黄龙被屠，苛孟当即就闻讯，大惊！再次纠集浪衔坪乡党密议。众乡党见土地再次被淹，损失惨重，不知如何是好。苛孟对他们说："眼下如此穷途末路，不如放手一搏，换个福贵，尔等意下如何？"

乡党皆曰："愿闻其详。"

苛孟言道："黄龙丧于高人之手，待我派人打探，再作定夺。"

不久苛孟就探知质偃已经率军离开燕下原回震循去了。

苛孟招集乡党对他们说："震循官军已经撤走，正是良机。你们先于浪衔坪广传——燕下原看不得浪衔坪过上好日子。浪衔坪一旦过上了好日子，燕下原就再难得到浪衔坪的女人，所以燕下原蓄意偷偷破坏了浪衔坪的堤坝，毁掉了龙王庙，害得浪衔坪重遭水灾。先煽动民众的仇恨，然后组织整个浪衔坪的人到燕下原抢钱粮女人。"

　　乡党们闻言后互相对视，稍后这个建议被接纳。

　　苛孟分派他们先去秘密准备竹筏，木船，兵器。准备定当后，开始分头煽动民众的仇恨。

　　有明事理的人被苛孟手下的流氓以"叛族"进行威胁后，竟不敢再言。

　　雾轮开地镜一见浪衔坪准备竹筏兵器，知道不妙。待又溪先生入定时用风息送入"燕下原将有刀兵之难"。又溪先生一惊出定。立即派人去往燕下原见大族长，劝其防备。自己则动身再次去见师弟鱼黄。族长闻讯后不敢大意，一边暗中通知各族长准备、一边派人在周边暗中探查。很快探子就有回报了上游浪衔坪的异动。各族长立刻集聚壮丁，暗布坝上两端的丘林，且等敌人登岸后伏击。

　　雾轮很担心雨月，于是引导雨月劝母亲出去避祸，母亲见小小的雨月这么说很是惊奇，想到自己的丈夫已经从军，担心有个万一，儿女都小。于是收拾东西去往南鹿山。

　　数日后，夕阳西下。浪衔坪乡党率船筏并进，登上堤坝。燕下原等敌军半数登岸时突然两头夹击。箭如雨下，杀声震天。浪衔坪大败，往水上退去。燕下原各族长见初战得胜，也不追赶。一边收兵休整一边继续警戒。不料半夜突然得报。燕下原有敌人入侵。原来傍晚只是佯攻，苛孟让水上退去的队伍顺水而下，在下游登岸，绕过燕下原的布防，直插燕下原后方腹地。而苛孟领乡党的另一队人每人背上竹筒从上游悄悄渡了河，绕过了上游防卫。左右两路族长们见燕下镇集方向已是火光冲天，大惊失色。慌忙领军回救燕下原。回程途中，燕下原的左路被苛孟半道伏击，队伍后段损失惨重，左路统领被射杀，前半段更是如惊弓之鸟，仓皇逃窜。苛孟对乡党喊话："事以至此，一不做二不休。今晚一战消灭燕下原卫队，整个燕下原就永远归我们了。"

　　众皆附和。苛孟率众乘势追击。浪衔坪下游上岸的水军早已在燕下原回路上布防。燕下原右路队伍回程正好踫个正着，双方交手相持不下。不久苟孟率众从后掩杀而至，燕下原左路腹背受敌。右路统领先浓只得分兵抵挡情势万分危急。突然听闻一通鼓响！质偃引五百边军杀至，箭如雨下，浪衔坪乡党死伤惨重，瞬间崩溃、四散而逃。苟孟呼呵无用，见大势已去，率亲信转身逃走。却不料也被震循军飞矢穿心，命丧当场。

此时出尘界中，左尔正在入睡，苟孟一命归去，私印自行转回左尔神识，左尔于梦中惊醒，大汗淋漓。起身出屋看到紫草树已经消失，紫草坪在月光下变了颜色。左尔回屋立即入定盾，开地镜。现观凡间数日，懊悔不已，怪自己过于大意，没有时刻紧盯。恨苟孟如此无能，溃败得如此迅速。由于并没有亲见过程，左尔也是在凡间一边打听一边连蒙带猜苟孟的败因。

原来又溪先生去见师兄鱼黄，搬了救兵。这一次鱼黄随质偃一同前来，平定暴乱之后，震循官军立刻过河进驻浪衔坪肃清。鱼黄仔细考察当地地理民情后，上报国相请调震循农户渔夫来浪衔坪，教导当地人围堰养鱼，广种莲藕，养殖鸡鸭，建立集市，交易山货。浪衔坪逐渐变成安居乐业之地，与对岸的燕下原交易也日趋活跃。

左尔神识随后去了南冥，对金龙道："苟孟已亡，龙庙已衰，我已失去登阶花慢界的能力，无法为你去道藏书院查阅凝肌箭的解药和玄墨封印的解方。"

金龙道："蕾仪控制丝布纺织、蕾仪的儿子控制宗族祭祀、你的上司允目资历老深，凡间弟子世代相传、他们不费多大力气就能享纳凡念滋养，这不过都是在借玄元的福泽。这些福泽轮得到你吗？论天赋异禀，你与雾轮差距自己想必是心知肚明的吧！天道就是这样毫无公平可言。如果不愿甘心认命，就要反抗，反抗就难免要承受失败痛苦，但痛苦会给你力量，那是无穷无尽的力量，只要你愿意使用它，升阶花漫．并非难事。"

左尔道："理虽如此，奈何人心已失。"

金龙道："人类总归是健忘的盲众，不必担心！只要不放弃，你有的是重头再来的机会！"

金龙顿了一顿，尔后叫道："小乌龙。"

冥水滚动，一条乌龙露出水面。

小乌龙对左尔道："黄龙与苛孟愚蠢，自取灭亡。你知道自己该怎么重新起家吗？我可不想和一个蠢货谈事。"

左尔道："不才愚钝，还望赐教。"

小乌龙道："余怨难了！那就是你利用人类痛苦制造仇恨的地方，仇恨带来更多的痛苦，雪球越滚越大源源不绝，那就是无穷的力量。"

左尔拜辞。

小乌龙对金龙道："老家伙，你现在半身不遂，困守此处。这个左尔真能帮你满血复活？"金龙道："凡事称意不如走一步争一步。"

小乌龙："随你吧！答应我的事该兑现了吧。"

金龙道："附身诀在冥河珊林，有龟守护。"

乌龙入水而去。

雾轮来到左尔家，责问道："你知道你自己在干什么吗？"

左尔低头沉默片刻回问道："你的方法就一定能够登上花慢界吗？"

雾轮一楞，呆立片刻之后只得转身离开。

蕾仪的儿子长忆来向雾轮请教："我靠祭祖来聚凡念，礼仪初有所成，凡间主持祭祖的官员亲云也擅长深定，我想尽我所能达成他们的欲望，以至于我自己成为了所有凡人的"祖先"，但根本就做不到，累死我了。既便如此辛苦，但后来还是止步不前了。在升阶梯只登上了三步台阶，就再也上不去了，这升阶梯可有六十级啊！"

雾轮回道："凡念本就如暴流，难以把握，凡间祭祖一年一祭，祭日一过则难以为继，再者欲望无有穷尽，你又怎能一直帮到他们满足。我等虚觅众修只能各尽所能，如果最后不能升阶，也只能作罢。"

长忆闻言后、悻悻而去，随后疏于精进。奇的是祭祖的凡念也未消退。长忆认为自己既没有接得父亲的神力，也没有异常的天赋，再加那些繁琐的祭祖礼仪假模假式，近乎小孩子过家家，于是彻底荒废。

燕下原大族长丹周临近黄昏，自知时日无多，写信给水神宫的又溪先生。族长在燕下原选拔十名少年，送往水神宫，跟随又溪先生学习。又溪先生长居山上的烟波浩淼殿，很少来山下水神宫，教授十少年的其实是又溪先生坐下弟子容泛。

燕下原与浪衔坪战事虽然已经平息，然而双方都死伤惨重。虽然各族长也曾周济，但不是长远之计。后来燕下原的一些孤儿寡母们无奈之下，只好各自卖掉自己的房子，凑齐余钱另寻燕下原偏远近山之地群居一处，墙墙相连，也不单独建院立户，互帮互助。产业共有，其他孤儿寡母渐渐汇流而至，形成简居一片的寡母村，靠桑蚕养殖、针线缝制糊口。由于收入微薄，众寡母们不得不把收入归聚在一起，统由寡母会支配。村里已几乎无私产。遇到丰年，燕下原各族周济效多，寡母村就过得好一些。

最先到达南鹿山脚这里的，正有雨月的母亲和哥哥。他们避祸之时就来过这里，雨月的父亲战死，母亲带一家回燕下原后惊闻噩耗，雨月尽力安慰母亲和哥哥。母亲后来决定卖了房离开燕下原。

后来有人游历到寡母村，创立扉边书舍以极低的费用教书。寡母村的妇女们纷纷把孩子送到书舍。燕下原的族长们对扉边书舍也颇为赞许，对书舍主人术丘先生更是礼遇有加。

一次术丘先生问书舍的学子："母亲是值得去保护的吗？"

学子皆然。

于是术丘先生教授学子们习武。

后来术丘先生又问学子："你们认为一个人的战斗力强还是一群人的战斗力强？"

学子们皆曰："众强"

术丘先生于是教学子们列队攻守，并拔擢年长的贯阳、辉向二人领队。

贯阳的妹妹雨月天生丽质清新脱俗，虽然生处贫穷，却不自贱。母亲很喜欢她，但雨月不喜欢寡母村的群居生活，喜欢独处不太与村里女伴玩耍，一次去燕下镇集，雨月驻足于老宅前良久。贯阳误解妹妹的想法，暗忖要为妹妹改变贫穷的状况。贯阳向辉向提议一起进山捕兽换钱，辉向因喜欢雨月，当即答应。二人来请示术丘先生，术丘先生不但同意，而且让二人统领学子一同前往，术丘先生也一路亲自跟随提点，反复强调众人的合力，让每个人在合众中找寻力量来源和归属。贯阳辉向皆勇敢心细之人，众人亦同心，收获颇丰。数年下来，寡母村钱财渐厚，修建新房，均分各家。山区散户也竞相投靠贯阳辉向。辉向向贯阳母亲提亲，母亲乐见其成，去说与雨月，雨月不喜。

贯阳闻言大为不解！问妹妹："现下村里比以前大有起色，辉向聪明英勇，妹妹因何不喜？"

雨月言道："不知为何，只是无感。"

贯阳暂且作罢。

因近山猛兽日渐稀少，第二日贯阳与辉向率众去往深山打猎，

雨月打点包裹，留书告别母亲。母亲见信泪下如雨，叫人去寻，己不知所踪。十日后贯阳辉向猎获返村，得知详情默然不已。

雨月一身男装，蓬头垢面。

自乘船离开燕下原达至震循国境，雨月心境开朗不少，她目标明确，就是要去水神宫。在寡母村之时，她曾在术丘先生那里听过学，不知为何，她不喜欢术丘先生，但也不知道哪里不对。她不但不喜欢术丘先生，连带术丘先生座前所有学子她都不喜欢，也包括她哥和辉向。但同样她说不出所以然。倒是听闻燕下原的少年被送往了水神宫学习让她燃起了兴致，因为在她梦里经常出现水神宫的景像。

雨月敲开水神宫、见容泛先生，说明来意愿意跟从先生学习，容泛一眼看出女相，又见其眼神非同凡品。问明原委后即请女佣带去沐浴更衣，后见之真容大惊失色，不敢留在水神宫，立即亲自带人送往山上烟波浩渺殿老师处。又溪先生见此女清新脱俗凡间仅见，并不明白天意为何？于是暂且让夫人安排雨月住

下，让她于藏书阁中自行学习。

雨月依梦境，一日行至烟波浩淼殿上方一湖边，见此湖形式樱桃，其水色淡黄可人，伸手入水玩耍，只见手在水中变得透明，出水随即恢复正常。于是欣然入水。身体慢慢化成一团水点，道袍滑落。一时之间，群山之中水流静止。水点成团逆流而上，穿过静止的湖泊，山溪，瀑布，终于来到三山圣湖，潜入湖底，寻光而去，水点穿过光的尽头，水点变回她的身体一寸一寸露出水面，当她露出水面时，她已经进入了虚觅界。雾轮正在此处等待，这是荷仙下凡之前约好的地方。

见雨月的头渐渐露出水面，先是一惊然后雾轮呆住了，他看到了朝思暮想的荷仙，这一次不是幻影。雨月第一眼看见雾轮也并未觉得异样。因为这不但是她梦中见过的人，她一入虚觅，过往的记忆历历重新。她抱住了雾轮，雾轮又一次感觉到异样的舒适充满全身，只是比开地镜那一次强烈多了。

雨月在烟波浩淼殿湖边入水时，又溪先生正于溪边行脚，见溪水突然静止，似是冻住，但伸手一触、仍是水质，大惊！寻思天象有异必有大事。后来回去得知雨月不知所踪，又于那樱桃湖中只寻见雨月道袍却不见身体。知道这件事情与雨月有关。山下水神宫见瀑布停水半日，水神宫内众生心乱，宫内宫外谣言四起，容泛也急急上来报老师。又溪先生告知容泛溪水静止之事，只道："雨月应是水神的化身，用此异象告戒世人，那日正值春耕，何不就此日作为断水节，每年于此日断水半日教化世人尊水敬道。可于山下水神宫照雨月样貌立水神像。"

容泛下山照办，谣言乃止、人心遂定。断水节经年累积深入人心。

又溪先生也于雨月入水的樱桃湖边另建衣冠楼，把雨月的道袍供于此处。

雾轮从雨月口中得知，雨月曾是大罗天河的职司，本是荷仙，一时贪玩化莲根为坝，私自截断天河地水之循环，积水沐浴，致使凡间大旱。水神击破天河坝，重新连通天河地水，荷仙被天河水冲出天界。因其莲根被水神击伤，无力反回天界。仙班查责褫夺其仙职，罚出天界永不得过大罗天河。荷仙生性高洁不愿混迹浊气凡尘，求助于文曲星君，文曲星君心软向仙班请得让她在虚觅界守地镜赎罪，待虚觅修士开地镜之后留在虚觅界里也不违不过大罗天河的处责。仙班允准文曲星君。怎奈虚觅界里出生于凡间的修士浊气太重，灵力低微，无力开地镜。只好等到出生于虚觅界的人，出生于虚觅界的人不少，而只有雾轮参透了荷仙头像，荷仙得以从地镜中解脱。后来为了和雾轮在一起，才不得不下界。

雾轮得知前情不胜唏嘘，更是珍惜雨月，与雨月成了家。

雾轮发现院里紫草树已经从肩高缩至腰部，于是开地镜杳探，才知道水神宫供奉雨月之事。木已成舟令雾轮颇感棘手，若现在引导又溪先生拆除雨月的像恐对水神宫非常不利。雾轮感觉这有些理不清，雾轮深爱雨月，但这又牵扯到升阶，颇为纠结。向父亲请教。与趋对雾轮道："我和你母亲在一起感到快乐，但我们不知道进入天界似否能更快乐？我们也不知道天界之上还有多少层。我现在对于登阶已无欲望，所以只看眼前人。看看这出尘界里，且不论那些连地镜都无法打开的鲁钝散漫之人，就算常年修定的资厚修士想登入花慢界都是遥不可及，终究可能黄粱一梦。看看玄元上仙的长子耘仰，天资难修，只能留在凡尘做王。玄元上仙亦未强求，顺其了自然。"

雾轮释怀。

燕下原大族长丹周越来越孱弱、招集九十三家族长议后事，众族长推荐大族长的儿子继位，大族长认为自己的儿子不俱备能力挡当此任，叫众族长推荐他人。

众族长则莫衷一是，有些人力推聪明善战的右路统领先浓，大族长问先浓是否愿意接任？

先浓回应："我并非好的人选，应该由九十三家族公认的品行端正善良的仆栗来接任。"

大族长又问仆栗。仆栗回答："自己并非好的人选，应该由九十三族共同裁事。"

大族长说："众族长众说纷纭之时也需要有一个人来裁夺，你不能再推辞。"

众族长随即称愿意听从仆栗的调遣，于是仆栗接了大族长的位。

仆栗一贯处事慈爱，燕下原民众渐渐依从仆栗。

三、辉向南进

　　术丘本是孤儿，师从苛孟，苛孟对术丘而言是恩重如山。术丘长驻龙王庙总坛，平时苛孟外出，总坛一应事物均交由他打理。苛孟事败生死，龙王庙恶名远播，断了香火。术丘继得左尔私印，成了左尔在凡间的"印记"。先至浪衔坪，欲再引浪衔坪复仇燕下原，但局势丕变，术丘在浪衔平难觅机会，于是过江再游燕下原时，意外发现寡母村，本意是想渐渐引贯阳、辉向仇视燕下原。但燕下原各族对寡母村虽不甚厚也算不薄。贯阳辉向并无对燕下原的敌意，术丘难以利用。浪衔坪亦与早前大有不同，两岸婚娶，交易渐多。也不好鼓动大江两岸再兴刀兵。

　　雨月突然失踪，辉向萎靡贯阳消沉，术丘担忧扉边书舍心血被废，于是借机暗中散播有人见过雨月南下进入南鹿群山的消息。

　　辉向闻讯后当成救命稻草，邀约贯阳一道，多次招集扉边学员，山民、猎户向南进山猎狩，暗中寻找雨月踪迹。虽然贯阳认为这些扑风捉影的描述不值得相信，但好歹死马当活马医，但跟随几次后就放弃了。术丘先生则每次积极跟从，并助辉向训练队伍，带扉边书舍学子建立转运点，储运粮食，转运猎物，协助寡母村与燕下原交易。辉向在山区不断扩展地盘。术丘认为南鹿山区够大，集散成多，终能独霸一方，于是扉边书舍招收山民猎户的孩子来书舍。

　　数年之后终于有一天，辉向领着队伍向南走出了南鹿山区，墨丝原野展现在他们眼前。

　　这里的人类还处于部落时代，初见山中出现异装生人队伍，本能意识到危机，立刻刀兵以对。可面对辉向的训练有素的集体作战，加之辉向历年来阴郁积沉，涙气渐重，杀伐果决。乌合之众的墨丝原野民很快被屠杀崩溃。

　　术丘闻讯赶来，见此地气候温热，粮食充足，物产丰富，人口众多，这些部落人群智力已开，分居于墨丝原野。大喜过望。建议辉向当机立断，逐步把整个南鹿山的山民，猎户移迁至此，扩大地盘，巩固统治。辉向从之，立即让各山头族领把南鹿山中部的人招引过来。术丘把扉边书舍及学员搬迁至墨丝，以助辉向。

辉向择地，役野民建城，辉向允术丘仿震循之法依城建国，让扉边学员各担其职，辉向自立为墨丝王。

辉向纵容手下一起强抢女人。并令各部落纳粮。

墨丝部落不惜忍受，数年间暴乱此起彼伏。辉向疲于奔命感兵力不足，请贯阳来助。辉向南进时就带走了南鹿山中部的部族，贯阳就向南鹿东山探进。贯阳长年活动于南鹿山东脉，山民猎户归心于他，贯阳也于南鹿山东边迎娶猎族首领之女。旦碍于辉向所请，仍就带部前来，目睹辉向对部落民的残酷粗暴，贯阳不辞而别带队回了南鹿山。辉向大怒，术丘献计辉向，密使人押了贯阳母亲至墨丝，好生供养，又巧言哄骗。逼贯阳迁南鹿余部尽数前往墨丝。

贯阳只得无奈曲从，迁户南下墨丝，帮辉向平乱。

术丘先生却暗中派了心腹弟子班都、有利去南鹿山西部聚众。

随着城池建成，墨丝部落民惊其雄状，近墨都周边部落也放弃抵抗。

数年平乱后，墨丝部落仍有一部不愿降辉向，但自知不敌，于是准备向南迁徙入无名山。辉向得悉后认为不尽除之后患无穷。于是进攻，并传令贯阳绕道截断无名山口，挡住野民南去退路，自己好全数屠尽，一劳永逸。

徒梨部首领来见贯阳，请求放行，贯阳本就不愿屠杀，借机放徒梨部入了无名山。

辉向得知后忿怒不以，术丘怂恿辉向派人去见贯阳母亲、让其母写信叱责贯阳。

早前术丘提醒辉向，既已建国，当收拢全国财物，土地以供调用。

辉向不全以为然，自从南进以来。辉向常以土地，人口奖励战功，南鹿山各山头首领才肯攻战用命。如若现在收缴必起叛乱。辉向认为扁边学员虽是可用之材，辅助自己对各山头也是一个震摄，但自己多年征伐在外，跟随的都是老一代的扁边学员，于这些新一代扁边学员并无很深的交集，相较于术丘对他们的影响，常年与野兽博斗养成的敏锐让辉向嗅出了其中的微妙，于是不再任用扁边新学员去新地。

术丘先生有感于此，此次先诱使辉向逼迫贯阳母亲，再提议自己借送粮之机去查探贯阳。辉向允准。术丘到了之后私下告诉贯阳："扁边书舍初建之时即立下'为母而战'，书舍学员都厌恶辉向挟持你母亲，辉向已经背离了书舍初衷，若你欲救母，书舍当里应。一旦辉向一死，其党羽必作鸟兽散，不足为惧。扁边学员愿意拥你为王。"

贯阳一直受困于两难境地，违背辉向则母亲危矣，顺从辉向则背负血债良心难安。与其左右为难，不如一劳永逸，解决左右设局之人。于是下定决心杀掉辉向。

术丘告诉贯阳，大军不宜妄动，一动必引辉向警觉，上策是暗杀。为保成事，不得让任何人知道。

贯阳采纳了术丘建议。

术丘遣人引贯阳入地下排水道潜进了内宫，贯阳带数十人杀了辉向。术丘却早已暗中伏人，等辉向一死便从背后射杀了贯阳等人。

术丘有自立之心，辉向旧部闻讯从封地带兵来墨都。术丘无奈，只好一边送去贯阳人头，一边立辉向之子平章为新王，平服辉向旧部。术丘向新王平章陈说：

"贯阳所部终成大患，不如除之。"

平章年幼，不明就里，于是发令出兵清剿。双方死伤惨重。贯阳旧部渐渐无力再战，北回南鹿山的路被堵住，无奈之下只能退往南部无名山。大战之后，辉向旧部损兵折将伤亡过大。术丘向墨丝王献策，向南鹿山西部征兵，以拱墨都。墨丝王许准，术丘早先的安置的弟子班都，有利率队进入墨都。

墨丝国实权遂以术丘为重。

贯阳的母亲得知贯阳死讯，悲愤莫名，心念动处，雨月有感，醒来之后入定盾打开地镜，母亲已经离世。雨月情悲，于是说与雾轮。雾轮安慰雨月，然后花了不少时间来查此事，稍有眉目之后对雨月说："墨丝新王只是少不经事的孩子，主事的是术丘。"

雨月道："此人在寡母村创立扉边学舍，贯阳，辉向都是他的学生。我曾在扉边学舍听其授课。不知何故，我很不喜欢扉边学舍，就是感觉一种无形的束缚，隐隐出现了困在什么东西的感觉。那时我还年幼没有恢复记忆，现在回想起来那种感觉有些与困在地镜中相似。"

雾轮奇道："这术丘先生所授之课有何异样？"

雨月道："事事都以扉边学舍为重，个人所思所喜无足轻重，通通要让位于扉边学舍这一众，甚至于把扉边学舍比作母亲。"

雾轮道："原来如此，这就说得通了。我探过术丘神识，有修士封的私印。"

术丘应是接的虚觅修士左尔的私印。左尔与南冥之龙族向来有瓜葛。贯阳，辉向均是死于术丘毒计，贯阳之子季汤与旧部都在无名山以南。引导他为父报仇才能有所作为。但是季汤并未修离尘定，没有办法引导他。

雨月道："这倒无妨，我刚回虚觅之后，为让母亲安心就曾进入母亲梦中，现下我也可以进入季汤梦境。"

雾轮惊叹："你到底是与虚觅修士不同啊！"

雨月道："这也没什么，我只是把凡人的眼耳鼻舌身五识给封住了，只与意识交谈而已！"

雨月于季汤梦中，幻化出父亲贯阳，告诉季汤因果，并教导他除掉术丘。

季汤梦中醒来，大汗淋漓。这才知道这一切事情的真相。

于是招集旧部。告知其父托梦。众人誓言必杀术丘。

季汤派亲信秘密潜入墨都，设法见了墨丝王平章之母，呈述缘由。平章之母借寿宴招集辉向旧部，密谋除掉术丘。

　　出尘界里的左尔汲取了上一次失败的教训，高度关注术丘的进展。术丘在左尔的"风息"资助下也是顺风顺水。但往往事情就是凑了巧，这一次左尔睡觉的时间正好遇到平章的母亲的寿宴，不知道平章母亲在寿宴那几日里的筹谋。左尔以为一切顺遂也未警示术丘。

　　不久，墨丝国南部叛乱。墨丝王派术丘亲信班都，有利带兵前去平乱。

　　等二将领军离开墨都后，辉向旧部被墨丝王平章调往墨都。但此事被左尔查觉，术丘收到左尔风息警示。术丘感到在墨都呆下去有危险。借机出了墨都，逃向班都，有利的军队。

　　班都、有利正与南部叛军作战，术丘至与二人商议，凭借军力优势先击败叛军。收降叛军之后，军势将更盛，到时候再回墨都废掉墨丝王平章。

　　于是商议有利作先锋与叛军交战，让叛军连胜数日，假败之后，一步步把叛军引千溪谷地。班都先于千溪谷地险要之处卡住关口。等叛军进入谷地，术丘率军从东绕过去把叛军合围于谷地，逼降收编。

　　季汤探知术丘已至军前，联合无名山中的徒梨部首领，准备从苍水渡河抄术丘后路。

　　左尔察觉了季汤的异动，左尔入定盾，神识往南冥见金龙求助，金龙告诉左尔，小乌龙取了附身诀去了凡间。藏身于苍水。你可去寻小乌龙。左尔神识寻得小乌龙，言道："敌军若过苍水。术丘将前后受敌。"小乌龙道"我为什么要帮你？"

　　左尔道"你若不帮，你私入凡间奸淫少女的事情就会暴露，仙班岂能容你。何况只需你在苍水挡三日即可。"

　　小乌龙见左耳威胁只好允诺。

　　见小乌龙应诺，左尔就没有用风息警示术丘防季汤偷袭。左尔认为只要小乌龙挡住季汤，术丘心无旁骛击溃叛军。到时候季汤就算渡了河也不是术丘的对手。

　　江上大雾，小乌龙隐藏于浓雾之中，一股巨浪从浓雾里喷了出来。水上的渡河的兵船被打翻。兵士落入江中。

季汤大惊，令沿江士兵后撤至高坡。季汤忧虑，如果过不了巴丹渡口，偷袭术丘的筹划就失败了。与众将商议，待明日浓雾散后再作定夺。

雾轮与雨月看得真切，知是有龙作妖。雾轮想起以前屠黄龙时用过凝肌箭，但震循离此沧水遥远，远水解不了当下之急。雨月见雾轮焦急，不仅问道"难道就没有其他办法了吗？"

雾轮望着雨月，突然一震。道："记得你回虚觅之时，从水中而来，在你出水之前我明明看见了一簇如晶水滴。也就是说你有运水之术。你何不试试？"

雨月闻言，心念一动，面前茶里的水变腾空而起。雾轮大喜道："你再试试让水成冰。"

雨月心念再起，茶水果然结冻。雾轮见状说道："虽不知道这是为何？也许水神击伤了你的仙根时，这运水之能就已经潜入。现在先别管这个，跟我一起用神识开地镜。"

雾轮找了一棵凡间无人之处的柳树，雨月闻言立即一试，柳树里水冻住后，柳树如同爆开。雾轮知事将成。

隔日，季汤领兵再至江边，见江上仍然大雾，于是命士兵举火强渡沧水。

浓雾之中巨浪再次喷来。

雨月看得真切，随即动念，水在黑龙龙体内开始凝固，苍水也开始结成冰。在惨痛的龙鸣声中小乌龙被冻住，然后千万支白芒尖利的冰晶从黑色的龙体中刺出，型同刺猬。小乌龙从浓雾之中摔了下来，砸到冰封的江面上碎成粉齑。

这一瞬间，看得季汤全军上下目瞪口呆失了魂一般。季汤大喝："此时不渡，更待何时？"

大军踩着冰面蜂拥过了苍水。

雾轮出定盾，却已不见雨月在旁。

雨月来见左尔，见左尔正在入定中，雨月抓起凳子砸了过去。左尔被砸出定盾。雨月问左尔为何要帮术丘。

左尔道："修觅修士收聚凡念，各行其道，并无定法。"

雨月见左尔认了，心念一动，冰刺已被招至空中。

左耳见状大惊道："小乌龙是你杀的？"

雨月不再多言，冰刺一挥，左尔命丧。

术丘神识中私印炸裂，顿觉昏天黑地，昏迷倒地。周围扉边书舍学子乱作一团。

雨月回家，对雾轮说了杀掉左尔一事。雾轮大惊！对雨月道："我以前也想过杀掉左尔，但即使是左尔虽然死了，冥河金龙仍然可以诱惑其他修士来为之效命，所以作罢"。

雨月道："如若不杀左尔，左尔必要给术丘通风报信，出谋划策，战乱不会很快结束，凡间生灵将伤亡更大，我入凡间后对凡人面对天灾人祸时的痛苦有不同于天界的体悟。出尘界里出生的新人恐怕很难体悟这些天灾人祸对凡人而言有多么痛苦，那是他们完全无力承受的，父亲阵亡后，我母亲和哥哥的痛不欲生的样子还历历在目。"

雾轮道："你说得很有道理，但事已至此，只好去南冥一趟了。"

雾轮，雨月入定盾，至南冥。金龙并不知二人来意，金龙感应仙气便从冥水中腾身而起。金龙识得荷仙，但并不知二人来意，正欲问话。雨月并不多言，心念一动，冥水幻成万剑把金龙团团罩住。

金龙大骇道："荷仙，竟敢对冥界职守无理。"

雾轮道："左尔，小乌龙已经被我们杀了，你还跑得掉吗？"

金龙闻言道："你们若杀了我，仙班岂能放过你们。"

雨月到："那是仙班和我的事，但与你已经没有关系了。你的死期是你自己挣来的，该了结的时候不必啰嗦。"

金龙试图运冥水抵抗，但冥水毫无反应。

雨月屠了金龙。

出了定盾，雨月望着雾轮，见雾轮神情凝重。拉起雾轮的手对雾轮道："如若仙班降罪，我自担责，不必忧心。"

雾轮道："你说哪里话，夫妻一体，再大的事儿我也愿意挡在你前面。我忧虑的还是金龙。"

雨月不解:"金龙已死,有何可忧虑的?"

雾轮道:"金龙与左尔所借之念无非仇恨,术丘也很擅长利用此道。仇恨之力暴发时强雄无比,仇恨之力消弱之时顽固绵长。当初我以报仇之名引季汤成事不过是权宜之计。虽然金龙,左尔,皆已被杀,但平章与季汤之间的仇怨再怎么说也是杀父之仇。如若不尽力化解,金龙死与不死并无两样。"

雨月闻言如被天水灌顶,陡然醒来,对雾轮道:"若非你点出此中要津,别说平章,季汤了。我亦会深中仇恨之毒。眼下该如何处置平章,季汤之事呢?"

雾轮道:"无名山以南地势广阔,远离墨丝国。如果引季汤去往此处或许对双方来说都是淡化仇恨的选择。"

雨月,雾轮再开地境时,季汤已经袭杀了术丘。术丘虽然颇有练军之法,但并无实战之能。再加左尔死去,术丘再无先机可凭。术丘得信叛军已入千溪河谷,于是依约起程从东包夹叛军,行军途中术丘指挥不当,全军行军队行脱了节,很快就被山林之中长大的季汤突袭,杀得一败涂地。术丘的弟子班都、有利在前方与判军作战正酣,听闻后方老师被袭,大吃一惊,本来约好由老师率一军走东路合击叛军,这下合击无望了,只好弃了千溪谷回救。判军过了千溪谷地剩势追杀,班都,有利损失惨重。还未赶到,就得战报,术丘未能逃脱已被季汤擒获斩杀。东有季汤,南有叛军,北面墨丝军已经压过来。班都、有利见大势已去,商议往西逃窜。叛军密遣信使来劝降,班都,有利二人思之再三,西逃如无粮草,军队一路逃一路散。降墨丝必被清剿,不如降叛军,暂居人下,还有望翻身。于是降了叛军。没有想到"叛军"在二人投降之日宣墨丝王命捉了二人以其军中扉边学员,一并斩首。并于降军之中宣布非扉边学员不受牵连。"叛军"不过是辉向旧部引术丘主力出墨都的诱饵。

雨月引导季汤去了无名山以南。季汤送信给平章,言明不想再计较上一辈人的恩怨,只愿远离纷争。平章的母亲看过了信后说："季汤南去正是好事，吾儿当务之急是如何处理仍广布朝中的术丘座下扉边学员。"

平章尚年幼，母子小心翼翼守护王座。

大战之后，人心思安，墨丝国进入平和世代。墨丝地理得天独厚，只要无战乱，物产如此丰饶，很快生产就得以恢复。

国力渐渐强盛。

雾轮，雨月来见长老们，告知因果。长老们震惊之余一时间不知所措。大长老丰侯道："屠宰妖龙自是可喜可贺。只是杀掉左尔，毕竟人命关天，不好交代啊！"

雨月不忿冷冷道："交代？你以为我是来向你交代的吗？不过是告知你们事情的经过而已。"

说完丢下长老们便和雾轮转身离去。

不久水神的首座弟子洛施来虚觅见雨月，雾轮。雨月识得洛施，知道该来的还是要来。洛施对雨月道："你擅自屠了金龙，南冥失去职守，我不得不调北冥鲲鹏前去职守。至于你嘛，仙班闭关参主尊，水神与诸神亦同在闭关之中，洛施不敢擅自作主，等水神出关之后，自会处置。但洛施不得不先收走你的术法。"

雾轮挡在雨月身前。

雨月对雾轮说道："不碍事，收走就收走罢。"

雨月拉开雾轮对洛施道："但凭仙子处置"

洛施收去了雨月术法，仍查觉异样，于是看向了他们摇篮里的孩子书歌。洛施对雨月道："这是你们的孩了？"

雨月，雾轮闻言一惊！雨月问道："仙子何意？"

洛施道："你倒也不必惊慌，此子继了你的脉，身上自然有仙法的神源。我亦不会伤害他，但也必须收走他身上的法源。"

说罢收了书歌的法源。洛施感受到震荡。

洛施飞走时告诉雨月："因果玄奥，你的儿子生来仙凡一体，现今失去法源，非凡非仙，恐怕已经失去了登阶的可能。"

雾轮与雨月二人闻言后心间凉透。

由于经历了洛施一事，雾轮与雨月心系儿子，无暇观注凡间。

四、卜来

卜来是长忆与宫女所生。长忆曾靠祭祖一途力图登阶，无奈天赋缺缺，所获不大，常郁郁寡欢。早前又违逆母亲蕾仪，自行与不修定宫女同居，长忆得子，卜来生来则天赋异禀，学识过人辩材无碍。

父亲的庸弱让卜来常常感怀从未见过的爷爷。卜来非常不喜欢奶奶蕾仪。他心里暗自认为是因为蕾仪，所以才让自己的父亲失去了爷爷的仙脉，变得如此庸弱。卜来对蕾仪那种痴迷于桑蚕一道的作派也是嗤之以鼻，他认为自己的父亲在祭祖一事上也不过是受了奶奶蕾仪的遗传，困于一井之中。卜来并未迎娶，一直单身。

虚觅书院里有一本书，货蜡所著，名为《货蜡纸书》。历来为参习者重视，自然也少不了被卜乃留心。最早阅读这本书的人是雾轮，雾轮虽然感叹过作者货蜡无与伦比的创造力，但总觉得货蜡的言辞有些癫狂，所以也没太在意。

卜乃投则不同，初读此书后即如被闪电击中。

《货蜡纸书》认为万物无常如流，但其中隐现唯一真义。如何才能识得真义？河蜡认为通过征伐，赢家成就真义。

这种以结果来验选过程的方法快速直接，有力量感。卜乃身材本就高大威猛，暗熟力量的感觉，很是投契。

卜来认为父亲的私印所授之人大都是震循王族后裔的长者、智识庸弱，不堪大用。卜来细心探查凡间终于在墨丝国寻得伯雷。伯雷同样身材高大猛壮，智识过人，静虑之时能专注到极致甚深，神识光球天生三孔，从不修定却能接纳修士的风息。实不知何种前缘所定，卜来亦甚觉惊诧。但伯雷天性使然不善混迹仕途，也不善于临场辩论。卜来原本望伯雷仕途高进，大展宏图。见此路不通，无奈只得引导伯雷创立伯雷学社。伯雷每遇人责难，时常语塞。但一夜之后，其言说往往令人五体投地，这自然是有一些卜来的手笔。伯雷的口头禅也为世人所熟知"此事难解，容我细思"。学社影响渐远，墨丝国青年才俊无不以进学社为荣。伯雷的收取的学费不算高，但只收黄金，时人遂戏称其为黄金学社。

墨丝国王平章招伯雷责之。

伯雷回答："一者自震循立国以降，世间一直朝着腐败衰颓的方向变异，除了管理宗族的官名仍叫亲云、管理军队的官名仍叫禁云。玄元古风所剩无几。学生对黄金的品性的参悟就尤为重要。二者黄金的贵重人尽皆知，学生交出黄金之日亦是他们抛弃懈怠之时。"

墨丝王平章对伯雷的学说深爱不已、秘密遣人入黄金学社听学后回报，平章常学常用。但平章又警惧伯雷，臣属屡荐伯雷入仕，平章均以"说易行难"拒之。伯雷除了教授驭民之术外，常教学生骑射，野营。也教学生琴棋书画。所以深受墨丝王看重吸纳不少黄金学员入仕，以供已用。

墨丝国王对伯雷的"分众而治"深为赞叹，下令都城之外，效野五十家为一集，每集设一集首。

十集为一寨，每寨设一寨主。

十寨为一屯，每屯设一屯长。

五屯为一县，每县设一县丞，立城设府，名曰小城。

三县为一群，每群设一郡候。三县相邻之地设中都，由群候下属巡守官常驻。

五郡候驻王都城直归国王统属。

都城之内士工商载籍分管全国每户出兵一人。工户成立左军，商户成立右军，士则统领效野成立中军，中军之兵由禁云总督，三军直接听命于墨丝国王。禁云另设规制从十岁开始陪训成士兵，结婚之前全部住入禁云设置的兵营，每日进行严酷训练。

墨丝国王兵源渐足，实力渐强。士农工商由于担心战亡无后，积极生育，随着人口逐渐增长，国内土地粮食难以支撑。墨丝王的眼光越过无名山投向了南方。

墨丝国军巡练有素，军纪严明。墨丝王沉醉于这种如臂使指的感觉。禁云邰布刀兵所向望风披靡，国土迅速向无名山以南扩张一倍。

伯雷的学说随着国土的扩张迅速蔓延，成为主流。不仅军将膺服，原本国中对伯雷持怀疑的国人见到胜利接踵而至，家中子弟因战功在南方得赏土地、奴隶。纷纷心悦诚服，转而引以为傲，以墨丝国为荣。

卜来其实并不赞同墨丝国土不停扩张，他认为这样会让大量的野民融入墨丝国，让墨丝国腐化。他认为一个国如同一个人，吐纳有度，不能吃太多。但势已至此，又岂是卜来，伯雷可以完全控制的。

家里的紫草树已然长过了卜来的头。在虚觅修士的注视之中，卜来终于登上了花慢界，虚觅修士欢声雷动。卜来穿过顶台坛城，入得花慢界，发现自己竟然仍然置身于家中，心下疑惑。推门出院，并无街坊邻居，回头竟是单家独院，前方不远处有一大院，卜来寻去，终于见到道藏书院。白鹤童子门前恭立门前，对卜来说道"你是来自出尘界的第一人，自古圣者皆寂寞，这花慢界与出尘界颇有不同，一日即为凡间一月。"说完为卜来开了道藏书院的门。卜来一直以来都怀有一种信念，他认为无论是凡间也好虚觅界也罢亦或是天界，它们的背后都有另一个"道"。那是世界的至善，世界的本真，永恒不变的律，凡间只是这个道的变了形的显影。这个从背后支撑世间的"道"是他想明了的，他怀着无比的期待进了道藏书院的门。

没有他想象中的浩如烟海的经典古卷陈列于木架。只有一个幻影于空旷的中央。卜来看到了他！瞳孔定住。

幻影对卜来说到："没错，你看到的就是你自己，这就是一切，这就是整个宇宙，这是起点，也是终点。"

这完全超出了卜来的预想，卜来呆立半响："不，我要找寻的是道，不是我自己。"幻影回道："道本就在你自己神识之中，神识即是道。”

卜来已经沮丧到了极点！冲出了书院。他不想回家，他漫山遍野的奔跑。山石横亘，溪流鸣响，花香树长。一切那么的真实。真实地刺痛卜来的眼睛，渐渐地他眼里的一切都变得模糊，他曾看轻世间万物，他认为最沉重的真实的价值就躲在万物背后，他一度觉得自己已经感悟到了它，甚至于感觉自己握过它的手。

道藏书院里的不是他想要的，他不能接受自己梦寐以求的那个道只是自己神识所化现而出，更不能接受自己就是宇宙。卜来望向了天空、青筋毕露，怒吼道：

“只有我自己吗？”

随后倒在一片花海中昏厥了过去。

伯雷从来没有刚才那一瞬间的感觉，一种突如其来的空白。空白震荡了他硕大的头。学生说的话他根本没听进去。学生叫道："老师"

伯雷回过神。

学生再问："此次禁云郃布受王命欲领中军二十万北伐燕下原九十三族，杀鸡何需牛刀？"

伯雷回道："燕下原虽然从未立国，但人口众多，地域广大，兵少难克。"

学生再问："燕下原以族聚居，民风散漫，能战之兵不过五万，既无能征惯战之将也无历练实战之兵，只需一将率三万墨丝久经战阵之精兵即可击破，何须二十万中军？"

伯雷回到："此事难解，容我细思。"

学生们退下。

伯雷品茗半响，才从恍惚中走出来。开始静心思考北伐之事。

隔日伯雷告知学生："或许是墨丝王志在东北边的震循，若以摧枯拉朽之势扫荡燕下原，对整个震循的军心民心会造成重创。"

有学生闻言后赶紧各自回家托人进入中军。

讯息传遍燕下原，九十三族长议事。大族长仆粟问："可有欲降者？"

无人应。

大族长仆粟问："若战，何人领军？"

众族长推勇武的罗夏族长，罗夏族长应诺。

稍后，罗夏族长私下对大族长仆粟言："我当场豪言应诺只是为了不乱军心，领军之人另有良材，尹达可以胜任，早年尹达就学于水神宫，深暗用兵之道。后到震循国北境戍边，有赫赫战功，名显一时，但因他不是震循国人，后未受震循重用，回燕下原之后曾操练过新建的左路军。后因天下太平，无事可做，过江游历娶妻生子。为了蒙蔽墨丝军，我仍领军，隐去尹达领军之实，尹达可以军务之职暗领全军，裁夺大局。"

大族长仆粟允准。

燕下原族人早已听闻墨丝兵锋之下，尽数为奴。不少家户动身北上过江躲往浪衔坪。

罗夏悄悄前往浪衔坪。尹达妻陶棘的祖上原本属山地驯兽族，后随父母迁至浪衔坪，尹达路过浪衔坪时蹴见她正在街边挥刀分兽，取为妻。尹达也就长住浪衔坪。

罗夏派人引尹达于船上相见，告知实情，尹达深知其中厉害答应了罗夏。

尹达回家告别妻儿。

其妻陶棘问尹达："你不是很不喜欢燕下原的族民万事依从大族长仆粟吗？"

尹达道："仆粟端良慈爱，族众过于依从只是丧失了一些判断取舍的能力。而墨丝暴军扩土，虐用民力，对族众而言是失去一切。燕下原若是陷落，随后浪衔坪也是保不住的，你们西杨一族到时也只能被迫成为墨丝国的驯兽奴。"

尹达随罗夏过了大江。

罗夏与墨丝军于燕墨道之中交锋，连败五阵，关隘连续失守。幸好正值雨季，延迟了墨丝军进程，罗夏率军撤出燕墨道退至屠龙坝之前，守土城。土城距屠龙坝约三里之间。土城之后燕下原民众从屠龙坝等船过江逃往浪衔坪。土城是尹达过江之时依尹达所意新修。城不高，粘土筑成，长一千余步，开七门。卡在两山之间，土城城墙蔓延至两边山上。

墨丝前军已驻进燕下集，四处搜寻均无粮，知是已被尽数带走，于是追至土城来看，主将突匀笑曰："罗夏蛮夫而已，凭此土城竟然妄想死守，两山之间如此开阔，就算设伏，我亦不惧。"

突匀又探得燕下原民众正在逃往江北。

突匀立即下令五万大军隔日一早从燕下集出兵攻城。墨丝军可不想自己去种地割稻，奴隶和土地同样重要。

清晨五万大军进入两山之间的豁口。前行四里、至土城外。突匀一声令下架云梯，推冲车急攻土城。两军战鼓喧天。城上城下狼烟滚滚，箭矢纷飞。不久城上守军不敌，开始延土城往左右两山上逃散，七个城门也被墨丝用攻城车撞开，大军前部冲进了土城，后续部队迅速跟进冲了进去。

突然墨丝攻城军感觉大地抖动，两山数十条白龙奔泄而下。屠龙坝方向白浪滔天也奔涌而来，前部兵士急往城门洞退，后续兵士正往前冲入城门洞停不下来，

挤成一团。城外的墨丝军只看见土城之下七个门破开。大水裹挟着破碎的杂物从城门喷射而出，很快土城亦在巨浪中崩溃。突匀及五万身着重甲的精兵夹在两山之间的豁口，洪流之中无路可逃，尽数淹毙。

前峰突被洪水吞没的消息传至墨丝中军，禁云邹布大惊。大军还没走出山区，禁云催促大军赶路。

尹达对罗夏说。墨丝大军远道北来，穿过南鹿群山，山区行军困难、兵士困乏，等敌军一出燕墨道，我们应立即与之决战。如果敌人入得平地立寨固守休整，粮草源源不断从后方山区转运而至，于我方不利。你在阵前需激怒禁云邹布。

墨丝大军从高处入平地，看见燕下原军从平原远处列队向前，右军步骑兵在越过平原上一串极不起眼的低矮土丘起后停了下来，左军则在平原上与右军齐头也停了下来。

两军对阵，禁云十万大军列阵排开罗夏五万大军一字排开，

旌旗招展，虽然略显混乱，但正面宽度不逊于禁云阵列。

罗夏派一传令官出阵传话，传令官半程坠马，墨军轰笑，传令官重又爬上马邀禁云郃布阵前与罗夏对话。

罗夏晃着巨腹缓慢打马至两阵之间，墨丝将士见此情景均有轻视之意。

罗夏道："墨丝王本是燕下原后裔，何故不念源头，妄动刀兵？"

郃布道："吾王志向远大，气吞山河，自然不必介意凡俗所忌。"

罗夏又道："我族实不愿与贵国作战，我大族长有女初成，若将军暂且罢兵，我族愿意和为贵，与墨丝王和亲。并愿另送上十女子与将军。将军可愿转呈此议与墨丝王？"

郃布道："晚了，当五万墨丝军丧身水中时，当知有此刻？"

罗夏道："洪水，那是天灾啊！这与燕下原何干？"

郃布冷哼："你当我是三岁小孩吗？"

罗夏仰头哈哈大笑："将军率墨丝挥军南侵时，声势滔天，战无不胜，天下震动。不怕你笑话，我几乎不敢与将军交手。可是声名往往言过其实，你那五万精甲不也被我弹指之间化为灰烬了吗？也不过如此嘛！我好言相劝，你当真以为我是怕了你不成，劝你赶紧收兵逃命去吧，你死不要紧，免得搭上这十万性命。"

郃布怒斥："不知死活的东西，明年今日就是你的祭日。"

罗夏也不再理他，打马转头就走。郃布见状也打马回阵。

罗夏至阵前对全军喊话："我们的女人孩子不能落入对面那群没有灵魂的行尸手中。握紧你手中的武器，全神贯注，那些行尸将倒在我们的剑下。"

全军喊声震天："神佑吾族！"

令旗动，鼓声响，左军统领果让指挥左军开拔向墨丝右军进攻。

郃布刚回马军中，见罗夏左军向自己的右军进攻，急命右军寅鸠率重甲战阵缓缓向前迎战。同时命左军前锋统领全济进攻罗夏右军。

全济率骑兵快速冲向敌阵，燕下原右军统领边荐指挥箭手射击。几轮箭雨下来，全济的骑兵冲锋速度减慢。

边荐略作阻挡之后打着旗帜向西面撤走，旗帜撤走以后，露出了背后低矮小坡，墨丝左军骑兵冲近才看清楚这个低矮小坡上已经被洛夏的军队在乱轰轰的旗帜遮掩下快速布署了三重拦马桩，栏马桩后面箭手林立，骑兵攻不上去。骑兵统领全济这下算是明白了原来交战前的传令官坠马，洛夏废话都是在争取时间偷偷布署拦马桩。全济见燕下原左军的侧翼暴露出来，随即右转攻击，但很快被左翼箭雨抛石射杀一片，一时未能突破。

郃布在军中看得清楚，判明罗夏主力尽在左军，其右军孱弱。现在罗夏左军的果让与墨丝右军的寅鸠激烈交战，暂分不出胜负。急令传令官传令全济骑兵从左侧追击绕过土丘从后面进攻罗夏左军后方，形成前后夹击。然后命左军统领司楼率步兵跟进，从洛夏左军的肋部进行攻击。郃布深知自己的右军重甲训练有素，寅鸠统军值得信任，只要相持下去。待全济的骑兵抵达罗夏后方攻击位置，又或者左翼司楼的步兵从侧翼攻入敌军，罗夏的左军主力将门户洞开。墨丝大军就胜券在握。

果不其然，罗夏的右军在边荐指挥下骑步混杂，打着旗织先是朝西跑，随后向北绕到土丘后面去了。全济率左军骑兵绕过土丘追了过去。边荐率军绕过土丘后折转向东，朝着左军果让的后方逃去。全济见状大喜，认定追上去正好可以借势从后方冲乱果让军阵。逃军则一边逃一边不时用箭雨阻挡追兵。

逃军旗帜飘飘，旗帜过处，地上突然露出十几排尖木斜斜朝天，横亘在追击的骑兵眼前，一根根的尖木被埋入土里。碗口粗的木头在阳光下闪着白光。全济率骑兵险险停下不敢通过，如果打马缓缓曲折通过。骑兵会被敌军射成刺猬。追兵还没来得及择路，只见逃军的旗帜在前方往左翼移动。随着一声兽吼，映入骑兵马眼的竟然是一排猛兽。全济的战马没有蒙眼，豹吟虎啸之后，前方战马左转回头夺路狂奔。西杨族驯兽人驱虎豹在后追击。左军试图绕过山丘回军与禁云郃布汇合。巡兽人早有准备，从马队左侧追击。战马听到左后方的虎啸。发力往右逃奔。全济的左军骑兵离战场越来越远。

　　郐布二万左军步兵在司楼率领已经开始进攻罗夏左军右肋。左军的果让早有准备，推出数十辆装满油木的辎重车，挡在两军之间，点火烧成一片。司楼见火大，一时半会无法全力进攻，于是司楼决定先攻小丘，一旦拿下，罗夏左军的右侧就完全暴露出来，墨丝军可以居高临下攻击。立即指挥全力猛攻小丘。

　　此时边荐的骑兵已经从后面绕到了罗夏左军的左侧，尹达见时机已到，令旗一展，三通鼓响左军第一排正交战步兵突然闪开。三辆冲城车带头冲入了敌军方阵。敌军刚乱，左军果让的步兵主力跟随冲进敌军方阵。边荐的重甲骑兵见敌写方阵已乱，立即率重装战车从墨丝右军的肋部切了进去。墨丝军阵被两面夹击乱作一团，大败逃散。果让的左军主力乘势掩杀。郐布见状急调备用军二万增援。也被正回逃的寅鸠败军冲乱，战场上一旦兵败，如同山倒。不久血红侵染大地，寅鸠战死于阵前。而罗夏右军统领边荐追击败军时颈中流矢，身亡于战车之上。副将迁造见状不为所动，继续指挥右军亡命冲杀，追击败军。

　　郐布见兵锋已经抵近，知大势已去，夺马朝南而逃。

　　山丘上的五千守军在司楼的二万墨丝步兵的攻击下顽强固守，但伤亡惨重只剩一千余人，副将飞涂与十余位族长亦战死。尹达没有乘胜追赶禁云郐布的残军，而是立即回军夹杀了司楼的二万步兵。禁云郐布残兵逃入燕墨道，全济几千左军骑兵一边逃一边射杀追击的虎豹猛兽，残兵终于得脱。后趁尹达掩杀步兵时逃入了燕墨道。禁云一看，兵不过万，装备所剩无几。虽然整个燕墨道延途尚有五万人马，但都是战力微弱的押众辎重粮草的部队，不足以为战。禁云未敢滞留，沿途聚众南下归国。

　　大胜之后罗夏向九十三族公布了真正的统帅，九十三族对尹达奉若神明。尹达正位之后没闲着，礼葬边荐，升迁造为右军统领。稍作休整，隔日就率大军追入燕墨道。墨丝军辎重部队行动缓慢，还没走出燕墨道连人带粮全数被擒获。禁云郐布只剩数千人骑兵逃出燕墨道。

　　尹达于燕墨道南端役降兵修筑下界关拒守，并派使前往墨丝国与墨丝议和。

墨丝国王见尹达建新城拒守，确无意进犯，同意了以燕墨道南端下界关为疆界，斩了禁云郜布。

墨丝南部新征服的地区闻墨丝兵败后率先造反，继而墨丝国内的奴隶也开始造反。

墨丝国王一边派左军弹压国内，一边派右军南下镇压。

尹达等待时机成熟，出兵偷袭，用火牛阵大破墨丝左军，攻入墨都灭了墨丝国。墨丝王平章率左军残部逃向南方。

尹达来见伯雷。

伯雷说："将军违背协议，不守承诺，虽得逞一时，亦损名望。"

尹达回道："我以为名望是由胜利书写的，战争的结果才是终极的公正。先生一贯推崇远古的无缺典范，而我认为最完美的胜利永远在下一次。"

伯雷说："将军为达目的不择手段，就不担心燕下原各族对将军寒从心生吗？"

尹达道："先生的学说树大根深，于墨丝国施行多年。比起对我的担忧，燕下原各族更加担心墨丝国卷土重来的能力，所以还得感谢先生。"

伯雷无言以对，叹道："任凭将军处置。"

尹达道："先生学说广茂宏大，你的学生里也是人材辈出，他们不能继续留在这里，稍后我将解散黄金学社，征调你的学生随军出征。墨丝王施行的国策将被我废止。数年后先生不妨重新评定这些变化对墨丝国人的影响。"

卜来躺在花慢界自己的小院里麻木的晒着太阳，他不知道该向何处去，似乎也忘了自己从何而来。突然有一些动静，院中的紫树开始收缩……

虚觅界的修士听到空中风云变幻，这在风和日丽的出尘界很少见到。上一次大动劲还是雾轮开地镜。一团烟云从天而降坠入卜来旧宅。

学生若似立即到卜来旧宅一探究竟，他打开门就再次见到了自己的老师。

墨丝国灭，一大帮跟风的国人对伯雷学说信心溃散。卜来所凭凡念退潮，家中高大的紫草树退形，缩至腰下，卜来退阶花慢，坠回出尘界。虽然紫草树退形，

卜来植入凡间的凡念仍然顽强。

五、若似

　　若似告知老师凡间已然巨变。

　　卜来现在对聚纳凡念登阶已是意兴阑珊。闻言后平静地说自己需闭关，让若似自行其事。随后从伯雷那里收回了私印。

　　卜来坠回出尘界之前，若似早已把私印授记给了尹达，他并不是想与自己老师为敌，本来只想一探伯雷的敌人的虚实，若似开地镜偶然发现尹达与罗夏密议，发现这个文书打扮的尹达竟然才是主将，大吃一惊。一探尹达神识知是长年修定者，于是先下手把私印放进了尹达神识之中。若似倒不是想把尹达定为自己在凡间的"印记"，只是想自己先行控制，不能让别的修士插手。一旦需要时帮墨丝国这边去绕乱一下尹达。

　　随后又发现尹达率人在屠龙坝两侧山中溪流里放浮木测水流，若似很快就看懂了尹达在测量山中各个水库的水流冲到山下豁口的时间。若似又想起眼前还有一个屠龙坝，心下一寒，明白了尹达真是狠辣。若似心知墨师国前锋恐怕凶多吉少。但伯雷的黄金学社这一派因伯雷就不修定，学子们也无人修定。虽然已经预见了墨丝前锋的悲剧若似也只能干瞪眼。不过若似认为既便墨师前锋尽失，墨丝大军仍可获得胜利，但让想再继续看看热闹的若似没有想到的是，随后尹达就让他大开了眼界。等到尹达大败墨丝中军后，若似认定了自己暂时随意安放的私印竟是天选。

　　伯雷的学生随尹达征伐，潜移默化于尹达的精深、抗拒开始松动。

　　建非常之功当礼贤下士，尹达则远甚于此。农人，牧者，猎人，木匠、铁匠随军，尹达尊礼如师。尹达改良战车、加长步军战矛，在动物弓弦上缠入生丝，给箭手大姆指配上驱环，防止拇指被弦线割伤。加长弓臂，弓臂内侧增附水牛角，把牛腿后腱黏在弓臂外侧。在马鞍上增设固矛扣，制造移动箭屋对付骑兵。

　　虽然伯雷的学说涉猎甚广，学生过往常年浸淫于广博的治民之术的阳春白雪里，最让学生刺激的也不过是伯雷主张的随军观战，近临血海。像尹达这样的深细实用，学子们也是第一次见识。

　　尹达借着提升军队的战力，重组军列，打乱了以前地域族群的聚集。

　　又以军功为要，不论出身，无论军阶，赏罚公明。军队里的各地族群意识日趋淡薄。

　　军队上下渐渐变成了为军功而战，为荣誉而战。

　　随着尹达一次又一次的胜利，学子们逐渐彻底心悦诚服。不少学子弃伯雷而附从尹达。

　　学子，众将那里知道，这天上天下两大奇才合力，其惊才绝艳又岂是凡俗俊才所能料知。

　　诸多战事对若似影响颇大。他认为虽然看似优势的局面，也难免遭遇意想不到的变数。

　　于是出尘界里的修士与若似纵论天下事，若似谈论时越发谨慎。常常让修士们感觉到若似的话语更趋平衡和全面，不易犯错。修士们的说话方式渐渐受到他的影响而变得圆润玲珑。天上地下观念缠缚，语言的改变，观念也不得不受影响。

　　尹达南征，彻底巢灭墨丝王平章的右军主力及左军残部。回墨都，众将拥尹达为帝，尹达受之，立国号雍至，改墨都为雍都。雍帝按战功分封土地。

　　燕下原大族长见势以至此，只得率族归顺了雍至。浪衔坪随后也归了雍至。

　　尹达称帝后，废除了墨丝征兵旧制，与分封九王立约，二十税一。民心归服。

　　若似家的紫草树已经过了头，若似登阶花慢。白鹤童子为他打开了道藏书院。若似见到了自己晶莹的光影，若似异常惊喜，虽然他进书院之前没有预见到是如此，但如此竟然和他的终极判断相符。

　　但少倾他回过神来。

他认为修士是缺失了什么，修的是缺，缺失被修补之后，犹如蒙尘之珠沿华尽洗重展晶莹达至尽善。但是假若这是尽善，为何在花慢界？

若似若有所失，离开了道藏书院。花慢界里无边的花海随风轻舞，看在若似眼中却是讥潮漫浪。吸入的花香让若似气精神旺，也让若似越发痛苦。若似无心花慢界里的花海美景，垂头回到自家院落，时间一天天过去，他失去了自信，失去了坚定，失去了从容。当初老师卜来坠回出尘界给他带来的疑惑，现在似乎有了一些答案，又似乎完全没有答案。

尹达认为收纳震循时机已到，他感到收降震循才能让雍至变成真正的帝国。自己的一身功业才能达至完美。当然尹达并不知道这些执念只是若似早前的风息延异的泛音。消息传至震循，震循举国为之震惊，震循慌忙整军以待。

尹达大军屯驻燕下原，打造战船。准备沿大江而下，直扑震循。

震循闻讯尹达将顺江而下。王问禁云朋简，如何应对。朋简回道："尹达意在夺棘口、潼乡二城。此二城隔江南北相望。一旦被尹达夺下。墨丝的粮草兵马就可以源源不断的通过大江轻松转运而至。若尹达手握此二城进可攻退可守，震循危矣，需增派重兵死守此二城。"

震循王令朋简领军二十万前往棘口、潼乡布防。

朋简命前军休穆率三万先行，急速增援江南的棘口。又命子晃率三万进驻江北潼乡，自提大军随后前进至潼乡附近宜丰驻扎。

休穆军至棘口与城中施泰二万守军连日连夜加固城墙，深挖护城河。休穆见棘口上游的小城，运补困难，兵力弱小，留守只是送给尹达激励士气。于是全数撤回棘口。

尹达率雍至大军已经从燕下原起程。沿江两岸水陆并进。鹏简估算不出二十日尹达军就能抵达棘口、潼乡，立即从宜丰拔营，水陆并进至潼乡城外。命躬绪领兵三万于潼乡上游小孤山下寨七十余座。作潼乡屏障。两城士卒见江上震循战船连绵不绝，士气高涨。

二十日后，尹达前峰已至棘口城外下寨，江上船舰陆陆续续沿江下来。不几日尹达领众将打马前来观城。棘口城上的休穆也是第一次遥遥得见世之名将。尹达稍作停留，即返归营中。

休穆招集将领议事。休穆说："尹达，世之名将。雍至军无不以跟从尹达征战为荣。而今轮到吾等与之对战，无论胜败，与有荣焉。"

棘口守将施泰道："棘口城高水深，粮草充足，又有潼乡隔江守望，纵然是名将围城，也难以攻克。只要死守半载，尹达唯剩退兵而已。"

偏将庶武道："我军兵力充足，既便对上世之名将，未尝不可与之一战，何必一定固守不出，若尹达来攻，末将愿领兵三千一试尹达剑锋。"

休穆问："尹达大军进攻，你欲如何应对？"

庶武道："誓死力战。"

休穆道："三千兵甲在城外若遇尹达大军，岂非羊入虎口。挫折我军气势？"

庶武不敢言。

休穆又道："尹达大军来时，你只出城。背靠城池列甲阵，不可过一箭之地。尹达军攻时，你且与之力战，情急时我军城上箭雨，抛石居高临下击敌，可助将军。"

庶武领命，休穆调度各军备战。

连续数日，尹达并无动静。休穆与众将疑惑。

隔江那边尹达左军统领迁造已经抵近江北潼乡下营寨。朋简传令给休穆："我军主力屯兵江北，恐尹达佯攻江北却意在棘口，尔等切勿松懈，另调蒙岸率兵二万从下游过江驻夏坝作为后援。"

休穆及众将闻信大喜。

又过了数日，尹达右军终于营中鼓响。庶武立即出城列阵。尹达右军主将果让旌旗招展而出，大军缓缓而行，离庶武阵列两箭之地停下。少倾，果让手中令旗一挥全军齐整一呼"不降则死"。声震大江两岸。棘口城上城下为之一寒。果让并不废话令旗向前一指，抛石机的巨石升空，庶武的城下士兵被砸得队型散乱。

　　城上休穆见状大惊。没想到果让的抛石机投得如此远。抛石还未停，点燃的火矛头被强弩射向空中，庶武大喊"举盾"。城下守军的盾挡不住这飞来的沉重火矛，惨叫连天，乱作一团。休穆见状立刻在城上鸣金，士兵往城内逃，可是为时已晚，随后箭雨如乌云压顶。庶武还没跑进城门洞就被射穿。三千士兵逃进城的十余其一。

　　果让并未继续攻城，令旗一挥收军回营。休穆与众将打扫战场，终于得见尹达军所用之箭与震循不同，箭杆略粗，长一倍。一箭射穿三箭地，非寻常弓石所能及，庶武就命丧此箭。诸将心下甚是惊恐，知道这种箭一旦射上城墙，只有靠近墙垛处的士兵才躲得过，休穆立即令城内工匠在城墙上的中间地带用厚木增设挡箭板，水池。

　　江北的朋简得了江南战报，心下沉重。急速通报小孤山躬绪及潼乡子晃。

　　躬绪回报："小孤山顽石嶙峋，寨营依石而建，易守难攻，不惧抛石、强弩。"

　　子晃亦回报："正依休穆之法增强防卫。"

　　迁造并未命雍至左军沿江边绕过小孤山，攻击潼乡，只在营中不出。

　　弓绪见无动静，便令人送信至迁造，信中说："震循大军已经扼守要津，贵军已失先机，不如退去。"

　　迁造回信："将军凭山起势，防守严密，在下一时未能找到破解之策。但军令如山，不敢就退。"

　　数日后有后方急报送至军中，朋简一看大惊失色，军报从手中掉下来。众将齐齐来看，才知尹达率军已经攻占北面的全安城。众将在地图前疑惑不解！副将诸范问道："并没道路可以通达全安。尹达是如何率军十日之内到达全安的？他是飞过去的吗？为何要攻占并非战略要地的全安小城？"

　　朋简之子宸渊自小随军，年仅十七，已任参将。

　　宸渊道："不论尹达是如何到达全安的，全安离东面重镇临渠只在三十里之遥，临渠若被尹达夺下。南北水道枢纽已掌于尹达之手，我军粮草危矣。”

朋简道："既便尹达是飞过去的，也只是精锐不可能是大军。"

随即命子晃统领两江，命佑傅领军二万留在城外助子晃守潼乡。命恭仪率军一万速援临渠。自率五万大军即刻起程。

才走一天，军至棠湾城，前方恭仪遣人来报："临渠已被尹达攻下。"

朋简闻讯一晃差点掉落马下，其子宸渊在旁险险扶住朋简。朋简缓过神来，叹了一声："震循危矣！"

宸渊道："父亲，情势危急，恭仪的前军仅有一万，孤军冒讲恐遭尹达诱歼。"

朋简警醒，只得快马急令恭仪原地待命，打探消息。

营中挑灯之时，军士来报，震循右大监安插于全安的斥候求见。

朋简急招。斥候报："全安城本是安河出山之地。商人在莽莽青山林海中派遣伐木者从上游伐木后放入安河水中，顺流而下，商人在全安坐收山木。全安成了商贾云集的木材集散之地。尹达军在上游木场结木成筏，大军乘筏沿江顺流飞速而下，其小股前锋扮作商人，先夺下了全安城门。后军紧跟着就进了城。城中仅数百守军，无力回天全数降了。尹达军在城中买走商人手中木板、车马，征调走所有木匠、铁匠、石匠随军。留下守军五千守城，约有三万大军并未进城就夜奔临渠。"

朋简、宸渊，闻讯后错愕不已。朋简到："尹达真神人也，胜吾辈远矣！"宸渊仍是不解问道："尹达军如何能到达上游木场？"

朋简道："木场西面就是安河源头千虎岭，此处虎兽众多，常人难至，尹达大军则无所惧畏，想是翻越得过。"

宸渊道"事以至此，父亲作何打算？"

朋简传令众将帐中议事。诸范，余祭，季查、工桓诸将莫衷一是。或主强攻夺回临渠，或主绕过临渠北上挡住尹达，拱卫王都。宸渊道："临渠北上至王都，需经营丘、晏陵、祈周等七城。尹达夺全安、临渠胜在兵行险招，出其不意。现已天下震动，此七城必加固防守，王都必派援军南下拒敌。尹达仅三万之军未必肯耗在逐城攻取上。现全安，临渠已成犄角之势。临渠更是断了我军北下的粮道，尹达恐意在前后夹击全歼我军于潼乡临渠之间。"

朋简及诸将闻言后背颈发凉。急令恭仪从干溪撤回棠湾。随后商议如何在棠湾，马桥，庸徐一线防尹达南下。

正议之间临渠守将邑浦被恭仪派人送至。邑浦报朋简："末将收到全安失守的消息时，临渠六千守军，有二千守军正在押粮至潼乡途中。已来不及调回，尹达前军稍后即至，隔日即刻攻城。敌军抛石机猛攻西门，末将于西门率众抗敌，还不及一个时辰。军士来报，北门已被尹达军用一架怪异云车攻破。末将立即带兵去救北门，无奈尹达大军已经拥进北门。末将战不过只得率残部从东门走脱。"

朋简问："什么怪异云车，你可知晓？"

邑浦道："末将并未亲见，但听北门报信士兵说，其云车颇为宽大，后方接地处有斜板直达云车高台，云车高台前方有形同吊桥的大板，一搭上墙垛，其后士兵鱼贯登阶，无需攀爬。蜂涌而上城墙，城墙上已无险可守。"

朋简及众将闻言后大赅，惶惶不安。鹏柬瘫坐于帅椅，不禁喃喃自语："难道天要灭震循？"

宸渊立即明白了尹达的每一步都事先已有算计，筹谋之深，叹为观止。

帐中一片死寂。

少倾，恭仪派人飞马来报："尹达已亡。"

帐中一片惊愕！

尹达身亡后，私印飞回，花漫界里的若似倒是平静，他也不想去探知详情，对若似而言，这本已在他的意料之内。若似曾细致的观察尹达的征战，尹达南征墨丝王残部时，为了探明敌军虚实，近敌探察，不巧陷入敌方巡逻军包围，死战侥幸得脱，近卫大多战死。

后与墨丝王右军决战，尹达率骑兵向右佯动，墨丝军为防尹达骑兵攻击肋部，战阵移动中变形。尹达瞬间发现了敌军移动后留出的缺口，这种机会稍纵即逝，尹达立即调头身先士卒率军冲进了缺口狂屠，墨丝军大败。但战斗中尹达战马被乱箭射死，尹达左肩也被箭所伤，险些当场阵亡。若似事后细思如尹达阵亡，那会产生什么结果？若似还想过用风息引导尹达别再以身犯险，但看到尹达身先士卒冲入缺口时，若似就放弃了。一个持盈保泰的尹达是无法捕捉到白马过隙的胜机的。

如今私印从尹达那里飞回对若似而言，这本已在他的意料之内。而眼下聚集凡念升阶这些已经不再重要。若似有些许明白老师卜来坠回出尘界时的心绪了。他知道自己也和老师一样会立即坠回出尘界。

朋简急问："尹达被何人所杀？"

传信兵报："临渠城年久失修，尹达军攻城时用抛石机猛轰城墙。城破之后大军入城，尹达纵马进西门，过城门洞时正遇门洞上方垮塌，尹达当场被落石砸中身亡。"

朋简不敢尽信，传令再探。朋简问众将："会不会是尹达设的诱敌之计？"

众将匀不敢断言。

宸渊却说："无论真假，不如立即把尹达已亡的消息传到棘口，潼乡。散播给尹达左右两军，可扰乱敌军预谋，对我军有利无害。"

朋简闻言已知个中利害曲折非潼乡子晃所能明了，命宸渊持将令即刻返回潼乡总督全军，相机行事。命诸范跟从辅佐。宸渊准备定当率一百亲兵与诸范刚要离营，就见营门传信兵又至，先行拦下。传信兵告之："尹达大军撤离临渠，往全安去了"。

宸渊与诸范飞奔潼乡，跑了大半路程。在峡亭渡口刚渡过河，正遇见返回临渠来的送粮兵士。寻问后才知，他们从潼乡至峡亭河口上船，顺彭水东向，船至尚粟乡河口即转入临江，再向北沿临江逆流而上至临渠。宸渊闻言细思，先是吓出了一身冷汗，手中长枪从马上掉落地，稍后却是哈哈大笑。诸范见状疑惑，问道："少将军何意？"。宸渊抬手止住，命亲兵取纸笔手书了一封，派人即刻送往父亲。宸渊对诸范道："吾料尹达确已亡故。"

　　宸渊一到潼乡。立即手绘二张图，一张命亲信送给休穆，以防果让的攻城云梯。一张让子晃照图准备。传令蒙岸率部渡江至江北驻潼乡左侧。命小孤山，棘口挂出尹达已亡的大幡。并令全军齐喊"尹达已亡"。声震两江，尹达左右两军骚动。稍后宸渊使者将尹达的死因详书二封，分别送至果让，迁造。并邀迁造阵前对话。

　　宸渊黑马银袍单骑至两军之间。迁造亦打马至阵前。宸渊道："尹达已亡，将军可有打算？"

　　迁造道："以此谣言就想令我退军，岂非儿戏。"

　　宸渊道："将军结营不出，让我猜猜将军是在等什么。尹达偷袭全安，临渠。待我军分兵至全安，临渠一带。尹达率军乘船出临渠，延临江飞速而下，再转入彭水于峡亭上岸，我军回头已来不及。之后尹达与将军夹杀潼乡城外驻军及攻取潼乡城。到时江南的果让也会弃了江南渡江来助你攻小孤山，然后一部水军船舰顺流而下火攻震循江上船支，阻断江南七万大军北援。想必现在将军绕过小孤山后攻城的云车都准备好了吧！为了破将军这种奇异的云车，我可不敢有丝豪懈怠。"

　　迁造闻言大吃一惊，脸色巨变。

　　宸渊见状继续道："尹达虽为战神，然天不与便，一国之君不幸命殒他乡。雍至帝国庙堂之上何人占得先机已是时下之要务，九王环视，紫明难安，将军的战场实已不在此地。我已命震循大军不再于各路口严查雍至斥候，将军可自行派斥候查实。如若将军退兵，我军不会追击。"

　　说完便打马回小孤山。

　　迁造楞在原地，望着宸渊背影叹道："不料震循竟有如此人物！"

　　果让隔岸见状立即派人过江来问迁造。迁造只回话："照计而行，毋要听信谣言。"

　　果让闻报心生不安，立即派斥候出去打探。

　　朋简得报尹达军退往全安后，立即命恭仪领兵直奔临渠。派出大批斥候前往全安。命每个时辰回报军情。命余祭率军一万先行抵近全安监视。

不久朋简收到宸渊送来的密信，看后亦是心惊肉跳，暗幸尹达突遇不测，不然后果不堪设想。

朋简自领季查、工桓徐徐向全安跟进。不久，全安斥候来报。敌军退出全安，从安河原路逃走。朋简闻讯。命余祭守全安。自己率大军掉头回援潼乡。

迁造很快得到斥候回报，知尹达已逝，尹达精锐已从安河回程。迁造清楚现下必是尹达的次子又节领军，他们走安河过千虎岭，再顺澄水而下，至澄口至少需要十日。若此三万多精锐先一步回到雍都，后果不堪设想，长子紫明恐难保。必须卡住澄口，挡住又节，自己的大军先回雍都。

于是连夜派亲信去澄口加固城防。随后升帐，迁造并不言退军，只令诸将各各领军沿江北诱敌深入伏击围歼。然后自己领主力迅速奔向澄口。果让在江南已得报。蒙岸率部已渡江至江北。

果让正欲派人过江，迁造传令下来，命果让沿江南诱敌深入退军设伏。主力至澄口对岸驻守。

果让这下认定尹达确已过逝，迁造的诱敌深入军令不过是在掩人耳目，以防军心崩溃。于是调兵遣将照令而行。不久斥候回报，尹达已逝，其子又节已领军原路退走。

果让闻讯这才回过神来，招军谋普头商议。普头道："迁造速速撤军至澄口，必是为挡住又节，先一步回雍都，想必将军也明了此中之意。右军将士一半来自燕下原，一半来自各地封王部属，置身事外不参与雍至朝堂的权斗为上，只需逐次退军回燕下原，让各地封王的部属各自归去即可，无论如何争斗必然在南鹿山以南，燕下原偏于一隅，形势未明之前切不可冒犯任何一方，只需自安即可。"

果让纳其言。

朋简重返潼乡，宸渊禀明一切。朋简招众将议事问："若雍至退军，我军当如何？"

蒙岸道："尹达已亡，正是其军心涣散之际，若其退军我军当全力追杀，一举击溃，令其再不敢犯境。"

弓绪道："何须等其退军，我军现下南北同时强攻，必获全功。"

宸渊道："尹达虽亡，迁造，果让久经战阵，非泛泛之辈。我军需小心应付。"

子晃本也有出兵进攻之意，见宸渊如此谨慎，就缩了回去。

朋简闻言令全军固守待命，一边派斥候打探。

数日之后探得迁造主力大军已退，弓绪恐失战机，一边传信给潼乡朋简望其大军迅速跟进，一边率小孤山三万士率倾巢而出，大寨内仅有少量雍至军，弓绪冲进迁造大寨，一见所获不多，立即命全军继续追击敌军。

朋简一获弓绪的传信，招众将商议。宸渊道："弓绪小孤山三万步兵，并无整队的骑兵，此去若贪功冒进恐怕凶多吉少，末将愿领军增援。"

朋简急命人传令给弓绪，切不可冒进。命宸渊领了诸范，蒙岸，佑屏等众将速去增援。

宸渊临走之前对朋简道："我自江北沿河追敌，父亲务必速命休穆率军沿南岸进逼，牵制江南的果让。以免果让过江偷袭于我。棘口只留施泰守城即可。"

朋简道："吾儿放心，我自去安排。"

迁造主力一到澄口。就令传令兵去招回沿途数支伏兵。

归离与冷柯的伏兵离得最远，得到传令时，弓绪三万大军已至。

归离忙与冷柯商议对策。

弓绪沿江追击，大军被前方的清水溪拦住了去路，弓绪见此溪水宽不过二百来步，水似不深，就派兵探水。发现中间最深的地方也未过胸，水流也不急。于是催促兵士牵手涉水过河。士兵本己疲惫，过河之后纷纷脱下湿透的甲衣晒太阳。弓绪还未渡河，管束不住渡河士兵。大军刚渡一半。对岸归离就带军杀出。渡过河的士兵一盘散沙惊慌失措。被归离杀得血流成河。很多士兵往回跑，慌乱之中站立不稳被水流带走，滑入大江。弓绪突遇袭击，一时慌了神。不知该如何是好，正犹豫时，副将催他赶紧全军渡水救援。弓绪命后军渡水，后军才入水一半，就听一通鼓响，冷柯率军袭来直冲后军。杀声震天。弓绪后军大乱，弓绪赶忙指挥后军迎战。正涉于水中的弓绪军见势不对又纷纷转身涉水回头。归离瞧得明白，命所有弓箭全数对着清水溪铺天盖地而来，士兵在水中只顾逃命，早已丢弃了盾牌，没有任何防备，死伤惨重。归离也不等清剿完毕。就带五百骑兵杀过了河，直扑弓绪。弓绪被两面冲杀。后军大败。弓绪仅带十数骑将领逃走。归力与冷柯也不追杀，回军渡河清剿了弓绪前军残部。

宸渊沿江追赶弓绪。突然见到江上伏尸浮下，一看衣服是震循兵士，知道弓绪有难，赶紧督军前行。不久就迎上逃回的弓绪数十骑。宸渊道："将军莫慌，且细细道来。"

听弓绪言毕，宸渊突然一声大喝"来人，绑了。"

弓绪被绑在原地。宸渊道："弓绪贪功冒进，折师辱国，斩于阵前，以祭亡灵。"

蒙岸闻言大惊，刚欲求情，见诸范对他摇头示意，见状就缩了回去。

弓绪被斩，宸渊令数十斥候飞马探敌。命诸范领大军随后，自己却领了五千骑兵飞速追击。诸范、蒙岸，佑屏见状大惑不解。

归离、冷柯离了清水溪还未跑出十里，就被宸渊骑兵追上。大战之后归离、冷柯军士疲惫不堪，正于江边就地歇脚，饮水。宸渊万箭齐发，顺势冲杀。一万雍至步骑成了刀俎下的鱼肉。冷柯在江边解甲入水清洗，离自己的战马较远，见已来不及骑马逃走，就跳入江中游向对岸。归离上马指挥兵士作战。宸渊看得清楚，命一百亲兵同时朝归离射箭。归离被当场射成刺猬。

宸渊打扫战场，也不继续前行，就地扎营，晚间诸范率众将领大军至。闻知战况后面面相嘘。齐齐进帐来恭喜宸渊立下大功。诸范问道："老将有一事不解，少将军自迁造撤军以来，一贯谨慎持重，为何今日弓绪前军大败之后，少将军却突飙猛进？"

宸渊道："迁造深得尹达信赖，又久经战阵。退军时设伏兵必是寻常。也只有弓绪之愚蠢才会自投罗网，牵累全军。伏兵一旦伏击得手大获全胜，会以为后继追兵不敢轻进。战场之上兵势如水，瞬息万变，并无陈法定规。”

众将闻言似懂非懂。宸渊瞧在眼里，并不细说。

蒙岸问宸渊：“将军得此大胜，全军势气大涨，明日是否趁胜追击？”

宸渊道“明日只在此处修整，等斥候的回报后再作打算。”

蒙岸、佑屏等将此番已被宸渊威压，不敢再多言，各自回营。

隔日斥候回报：“迁造守于澄口，至澄口沿途再无伏兵踪影。”

宸渊命蒙岸领军一万，去离澄口三里的水丘建好大寨，以供大军。随后宸渊率大军至水丘。

宸渊大军刚走到水丘。迁造的雍至军就来攻水丘。蒙岸拼死守寨。宸渊闻讯命诸范率军绕过水丘攻击雍至军右侧。佑屏绕过水丘攻击雍至军左侧。雍至军混乱败退，蒙岸见援军已经左右夹杀，立刻率军从寨中冲出。雍至军往澄口退去。诸范与佑屏杀得性起，跟着败军冲进了澄口，一举夺下城池。雍至残军穿城而过出西门。渡过澄水到对岸小城。佑屏率先追至西门，城门已被逃兵反锁，一时之间打不开门，只能作罢。

宸渊大军刚过水丘，就得到消息澄口已被夺下。宸渊甚是不解，于是大军并不进城。命斥候于周边山中探查，又命探查城中有无埋藏引燃之物。斥候来报周边山中并无伏兵，城中亦无易燃物。宸渊命蒙岸留守城外自率亲兵进城查看，宸渊走马城上，走至西门这才看清楚澄口周遭样貌。澄水于此汇入大江，大江对岸隐见雍至果让的营寨。而澄水对岸壁立千丈。迁造军已经据险而守，卡在澄水与大江交汇之处。宸渊听得西门城洞外喧嚷，问何事？军士来报。雍至残军逃出后把西门用大木杠钉在门上反锁。现正在抬开大木。宸渊闻言后继续打马北门。见北门外山势较平缓，不像澄河对岸绝壁耸恃，有路靠山沿澄水而上。命人找城中人来问此路通向何处？城中人告知，此路延澄水逆流而上，至深山，常年有猎户，山民沿此路下来到澄口易货。

宸渊回至城府中取来地图查看，诸范，佑屏本在城中巡查。闻宸渊已至府中，赶紧来见。进府后见宸渊埋头看图，未敢多言，静立等候。少顷，宸渊猛拍木案，自言自语道："尹达真是天才！"吓了诸范，佑屏一跳。宸渊抬头见二人已到。命诸范守澄口，重兵西门北门，城上加设防云车的独木。命佑屏立即领军出城延城西北下寨至山上。平地寨前深挖壕沟。封死澄口西北方向。若遇敌来，坚守不出。

二将一头雾水，领命而去。宸洲令蒙岸撤军退回水丘，并监视对岸雍至果让军动向，一旦果让渡河，分兵迎击。命斥候再探江南休穆军离果让驻地还有多远。

又节率军返程途中有所延误。还未到澄口即收到迁造的信。令又节夹攻澄口之敌。又节见信大惊失色，没有想到澄口已失。与众将商议。众将皆言，若不攻下澄口，船筏顺澄水进大江，澄水如此狭窄，恐被澄口守军居高临下沿江射杀，即便能有船筏能在右岸登陆，半数士卒恐要丧身澄水。

又节传令斥候前去澄口打探，准备攻城。

军谋众德见众将退下后，对又节道："少主想过没有，迁造能征贯战。如何会让澄口轻易失陷？不过是借震循之刀杀人的老把戏而已，为的还是雍都的紫明。迁造已令我军夹攻澄口。若不攻城，迁造就有违令的借口。一旦迁造借违令之口用箭雨射住，不准船筏靠岸，这些小河船筏被逼顺澄水滑入大江，必被江水冲至下游才能靠岸。如若遇下游敌军，也是死路一条。"

又节瞬间清醒过来，有些惊慌失措道："众德，这如何是好？"

众德道："我军连日爬山涉水，本已疲惫不堪。再加粮草将尽。若我军被迁造与震循两军卡在此处，只要被拖下去将不战而亡。我军粮草仅存最后一战之力，现在就看澄口的敌军是何状况，待斥候回报再作打算。"

宸渊已得斥候回报，雍至军沿澄河而来。领军的是尹达次子又节。

宸渊看着地图思索好一阵，这才明白过来，脱口道："好毒辣的迁造！"

不久斥候来回报又节澄口及周边山上，约有六万震循大军在驻守。又节闻讯心生寒意，众德道："少主，我们且先去澄口查看。"

又节及众人打马来到城前。见外山上各处险要均有震循军驻守。众德道："此人得用兵之道，强攻恐难奏效，不如先诈降，再夺城。"

众将回营正筹谋夺城，斥候回报了澄口主将宸渊最近与雍至交战详情。又节与众将闻讯大惊，面面相觑。

宸渊遣使送来信，请又节明晨阵前闲话。

众德道："少主明日且与宸渊一会，看看他是何意，再作打算。"

隔日，阵前，宸渊黑马白袍打马而出。又节见状也独自迎了上去。

又节问："将军有何见教？"

宸渊说："一来吊唁，二来报喜。"

又节以为宸渊是吊唁父亲尹达，故意问道："为何吊唁？"

宸渊道："因为将军快要死了。"

又节闻言一顿，忍住不发，又问："所报何喜？"宸渊道："因将军有幸遇到了宸渊。"

又节闻言后头向上抬了一下。

宸渊接着道："将军心知肚明，迁造欲借刀杀人，且不论我这把刀能不能杀你，就算二败俱伤，将军残军回到雍都，残军何以立足？迁造也为紫明立下了大功。"

又节沉默了。

宸渊继续道："想你父亲不幸亡故之时，将军亦可按尹达既有之策，沿临江顺水而下偷袭潼乡，为何将军当机立断撤兵？"

又节大惊："你如何得知？"

宸渊笑道："且不管我如何得知，让我为将军算一下账，将军总计三万五千士卒。留在全安的五千守军为了牵制我军主力，必然要出城进攻。以牺牲五千为代价助你偷袭得手。就算三万精锐顺利从峡亭渡口上岸从后攻击潼乡。没有了你父亲这尊战神坐阵，长途奔袭，并无重装，又要攻城，将军也担忧伤亡过大吧。既便得胜。大战之后若将军手里只剩一万多士兵，在迁造十多万大军面前如何自处。你父亲一代名将，把精锐之师的人数定在三万以上，必是经过无数实战后的选择。如果我没猜错，这应该是尹达认定的一支孤军的最低下限，只要不攻城，无论守城亦或是野战均可独霸一方。若将军手上仅剩一万多人，一旦遇到数倍之敌军，调遣时已经是捉襟见肘，既便是精锐也难发力"。

又节闻言几尽崩溃，强打精神道："将军既已洞达于心，意欲何为？"

宸渊道："迁造把澄口拱手送给我，我自当笑纳，不过我也可以把澄口借与你三日，助将军回雍都。至于如何过澄河，那就看将军的本事了。希望将军不要丢了你父亲的颜面，让我失望。此地去燕下原，约七百里，沿途可供大军的粮草想必早已被迁造收刮，待你过了澄河，我再送你个人情，派人送五日军粮与你。"

宸渊回城，大军退往水丘。众将不解，宸渊略讲了迁造的借刀杀人之计。众将才明白过来。佑屏问："如若又节不还澄口，该如何是好"？

宸渊道："不必担忧，无粮之师，有城难守。"

又节进了澄口，第二日派一条大船叫人送尹达棺椁渡过澄河，守将见是尹达棺椁，又见随行只有五十人打着白色经幡，并无兵器。变命军士开了城门，迎尹达棺椁进城。棺椁至城门洞。前面十人突然从棺椁车上拨出藏刀，砍翻两边的守军。随行数十人一声齐喝，打开棺椁，也取出刀来。在城门洞一阵砍杀。然后把棺椁推至门洞最里面横了过来。整个门洞被挡住，又节士兵拒此棺椁阻挡守军攻势。又节的一百多死士立时从船上冲出，杀向城门。城内另一边山崖之上，又节的死士从山上悬绳而下，城内守军见状分兵去迎敌。河上但听号响。又节大军顺澄河坐竹筏而下，登岸攻城。很快就攻入城中。迁造大军早已撤走，城里守军并不多。很快就清扫完毕。

如宸渊所料，城中粮草仅够守军半月之数。又节派人传言给宸渊。宸渊重又进驻澄口，派船送粮给又节。又节迅速领军去往燕下原。

江南的休穆，一路逆流而上，沿途数次遭遇果让的伏兵。好在休穆小心翼翼，总算未受大损。军至澄口对岸，扎营与果让对峙。

　　朋简也亲自来到澄口，宸渊报之详情。朋简有些惊愕，担心朝中猜忌他父子二人。于是立即详书战报送入朝中。宸渊让父亲传命给休穆。命其退出五里于江南萧山筑新城拒守。监视果让。

　　果让在南岸看着北岸的风云变幻，与军谋普头商议。普头道："迁造之计被宸渊识破。又节挥师回朝，迁造与又节势成水火。如若我们退回燕下原迁造命将军攻击二王子又节，将军应还是不应？不如暂守此地，时不时的与休穆小打小闹，等局势明朗之后再作打算。"

　　果让又问："北岸已无雍至大军驻守，若宸渊渡江偷袭我，如何应对？"

　　普头道："宸渊并不知道将军的心思，他恐怕更担心将军助迁造一臂之力。宁愿把将军拖在此处。"

　　果让道："休穆我自然不惧，但战败的冷柯被我押在军牢。我细审过他，从他的语词中感觉宸渊非同寻常将领，宸渊如虎在山之势让我难安。"

　　普头道："宸渊此来，兵势甚急。从进澄口到放虎归山，时间如此短促，我料宸渊必未上报就临阵决断。这里面可就大有文章可做了。"

　　果让一听来了精神，问："可有良谋？"

　　普头到："将军可以花重金于震循王都内散布宸渊私通敌军的流言。看看能否遂了将军的愿？"

　　果让称善，并不退军。依普头之计而行。休穆建新城，果让也开始修建新城。时不时与休穆小打一仗。

　　又节率军过了燕下原，进入燕墨道。迁造在燕墨道守住关隘，传新君紫明的令让又节独自去雍都。又节哪里会肯，率兵攻打。又节军力锐利，迁造以十数座关隘消耗其锐气。

　　王都内流言四起，震循王传旨令宸渊回王都。宸渊不得不回王都。宸渊阵前斩弓绪，那弓绪在朝中也是盘根错节。这些朝中之人绝口不提阵斩弓绪之事，只尽力散播宸渊独断专行涉嫌纵敌。震循王看过朋简军报，虽然不愿，但迫于众臣压力，私下暗示宸渊有不当之举。宸渊见势已至此，便辞了军职。离去之前去信给父亲，让他不要去逼迫果让，以待局势变化。

果让这厢得此消息，大喜过望。重赏普头。

又节此时已经攻下燕墨道南端的下界关，迁造不得已亲率主力至。与又节对峙。对峙旷日持久。

不久九王之中有数王独立。其中有暗撑又节的山南王，东群王。也有见紫明势微借机独立的丰苍王、廉季王。紫明虽座镇雍都，但无力弹压。

又一年，八王尽数独立。雍至帝国实则已经崩解。税源仅剩以雍都为中心的上都地区。果让见状收兵回燕下原，封住燕墨道北端，也自立为王。朋简留下守军亦撤出了澄口两岸。紫明与又节均无力再战。紫明意图把南鹿山地区给又节，封他为南鹿王，以此谋和摆兵。又节不肯，索要上都以西的昌雄之地作为立身之本。紫明无奈只得立约息兵。

消息传到震循，震循王大喜。群臣亦于殿上称贺！但少顷之后，震循王把传信来的竹简扔在了群臣脚下，冷哼一声拂袖而去。众臣忐忑汗颜，惴惴不安，大殿之上鸦雀无声。稍后，众臣如同什么事情都未发生一样，各自散去。

六、黑扇宿史

修士黑扇的父亲本是说书先生，见生计不佳转而做了卫士，因缘际会进了虚觅界，后与一宫女生了黑扇。虽然黑扇于虚觅别境之中未能以学识见显于人，但承了父亲的口才，颇能言道。黑扇偶见若似的手稿，黑扇智识不足，无法学习参悟若似那庞大精深的学说。但看到若似对其老师卜来的反思，灵光一现大受启发。

卜来认为今不如昔，修行者努力让自己不要越来越差就不错了。若似则认为老师太悲情，正相反修行的努力是让修行者在将来趋于至善。

黑扇一下来了精神，心里称赞若似真不愧是天才。画出了这么一块梦幻大饼。加之若似写书时时常将因果着墨其中，黑扇亦略领皮毛。

黑扇有自己的童子功———能言善道。平时真不知道这能用来干啥，这下终于抓住了一杆大旗。于是立马在凡间寻可授私印之人。

阮晰鹰视狼顾，松岩学宫夫子。黑扇观阮晰持论雄赡，其论常耸闻天下。于是授私印于阮晰。

自水神宫传出围棋，爱好者渐多。容泛最擅此道，每年夏至都在水神宫车轮战指导棋众。

轮到阮晰，容泛正欲落子，阮晰指着容泛手上的黑棋说："黑棋非棋。"

容泛闻言不以为然作奚笑。

阮晰见状冷厉道："若黑棋是棋，白棋非黑棋，则白棋非棋。"

容泛大惊失色，黑棋从食指与中指之间掉落于棋盘之上，脆小的撞击声如九天炸雷。

阮晰一战成名天下知，从者如云。

黑扇于言语途上深耕，试图参悟出天道的本质。偏巧，凡间的读书人又是最容易受言语蒙蔽的。

黑扇的学生宿史问老师，这些言语真的能让学子们穷天人之际？

黑扇反问："我们身在虚觅，欲向何处去？"

宿史答："天界。"

黑扇："凭何登阶？"

宿史答："聚集凡念。"

黑扇："为何要怀疑能聚集凡念的东西呢？"

左大监宇祝去水神宫见容泛，谈及阮晰踢宫一事。

宇祝道："当破此黑棋非棋。"

容泛叹道："若争论不休，无有止尽，吾力不能济，学子们也更迷茫。唯有精进离尘定，潜心修学向善，才是正道。"

宇祝笑道："若水神宫之外，众人于泥坑中互掷污泥为乐。先生于宫内高呼，当虔敬修学才是正道。于事何补？"

容泛一楞："在下驽钝，大监何意？"

宇祝道："欲学先生之正道，必先入宫门，要入宫门必先出泥坑，宫门与泥坑之间才是当务之急，试问无米先生如何下炊？"

容泛恍然大悟："大监所言甚是！但如何引人出炕？"

宇祝道："当填平泥炕。"

黑扇择机传风息入阮晰神识。阮晰于是立"心宫"为至极圣道。凡俗大感玄妙，皆视阮晰为圣人。

阮晰锋头之盛一时无两。凡间诗章乐句尽染其风，时有民间歌谣《流风》，音律优美，阮晰强行增改，使其变得庄严宏伟，配以阿奉雅颂新句，尽显王朝气象。定名《震循颂》。本来的音律之美被附上了情感教化，美其名曰陶冶性情。又溪先生闻得此曲眉头紧皱，觉得改得俗不可耐。震循国相闻得此曲，心下大加赞赏，荐阮晰于王。

黑扇家的紫草树过了人头。

黑扇登阶时，虚觅修士照常齐聚于出尘界礼送修士升阶花慢。二日后，黑扇已经登上了三分之二。

王招见阮晰，阮晰特别注重迎合王的言语，阮晰对答如流，王很是欣赏，当即赏金百两。又想重用阮晰，于是旁晚招左大监宇祝，问什么官职合适。宇祝说：

"大王且慢，可再招阮晰，我自有道理。"

隔日，阮晰至，宇祝问："黑棋非棋？"

阮晰答："然。"

宇祝转向王："步兵皆自称非兵，王如何如臂使指？"

王幡然醒悟，勃然大怒。下令投阮晰下狱，历数其罪告之天下——巧言惑众，混淆名言。

天下闻之哗然。

消息传至水神宫，容泛欣喜，立即投烟波浩淼殿而来，详报又溪先生。

又溪先生沉默片刻道："宇祝似未尽破。"

转头望向众弟子："可有尽破之策？"

少顷弟子伯齐慢慢转身出来道："所属非所是。"

又溪先生闻言后愣住了，沉思片刻。随后击掌叹道："凛冽如银锋破竹，伯齐心有利剑。"

容泛稍后亦恍然大悟。大赞："小师弟高妙，黑棋非棋已尽破之。"

天下学子大都弃晰止而去。

第三日，精疲力竭的黑扇终于上了顶台，白鹤童子并未现身，黑扇的脚踩入坛城，天空风云变幻，黑扇化成七色彩虹被吸入出尘界的轮回业井。彩虹消失后，空中现出黑氲。虚觅修士当场尽皆大惊！不知所措！纷纷回头去看黑扇家。其紫草树已缩至膝下。

又溪先生命伯齐接掌了烟波浩淼殿，不久转世而去。

雾轮见私印飞回，知道又溪已离世。颇为感慨，随后把私印授给了伯齐。

黑扇的弟子宿史亲眼目睹了发生在老师身上的这一幕，心惊胆战。事后宿史花了大量时间仔细回溯老师失败的原因，不过宿史并不认为自己的老师是完全错误的，他认为老师的不少想法还是可行的，只不过是有一部份细微之处欠妥。

　　虽然宿史和其老师一样智识不足，远不及卜来、若似这类天才。但他承接了老师黑扇的衣钵，非常擅长鼓动人心。

　　有一点是宿史彻底想明白了的，老师黑扇这言说的对象几乎全部属于读书人，黑扇的语言也只有他们才听得懂，这里明显有二难。一是他们或许会盲从一时，但读书人的冥思苦想终将让他们会质疑黑扇的说词。二是对人群大多数的中、下层的影响较小。特别是对下层的影响几近于无。震循国厘卷库的书监田木热衷于阮晰的学说，拜阮晰为师。常于厘卷库里与同寮宣说其师超凡入圣。后因老师阮晰声败名裂所累，厘卷库容不下他，无所事事闲于家中。其妻芄锥屡劝其振作，但田木如同失魂。芄锥当着田木的面说他老师阮晰不过是个骗子。

　　田木被激，大怒道："你可以骂我，但我不允许你说我老师坏话。"

　　芄锥道："你以为你的老师是谁？震循之主尚不免被人口诛笔伐，智勇宸渊亦难逃世间街谈巷议。你老师有何特权可以免于被议？不过是一口舌之徒还真把自己当圣人了？何况即便是圣人又有何特权可以免于被议？难道你是想告诉别人只要于你有恩、有情、有义的就都不能被议，你的老师，父亲，母亲，兄弟，朋友都不能被议？你以为你是谁？这种流氓无赖的作派真亏得你还是个读书人，你真是病得不轻啊！天地之间，何曾有人能逃脱被人议论？醒醒吧！"

　　田木虽一时语塞，但秉一根筋并不悔改。田木出身并非大家，智识也不出众。在厘卷库不受人尊视。直到他拜阮晰为师后，借阮晰锋头，令库中群僚侧目，一时间田木感觉衣带生风。那是他自离开娘胎以来最为扬眉吐气之时。

　　其妻芄锥嫌弃他，后与人私通，相约离开国都。田木闻知后，与堂弟隐布，好友录时追至国都之外杀之，抢回儿子。田木见二条人命在身，恐事败，不敢留居王都，携子落莫于野。宿史在厘卷库早就注意过田木，于是宿史授私印给田木，用风息指引田木去北疆啸聚山林。田木与隐布，录时一起去北疆安身。后在北疆收揽豪杰，广纳流氓无赖入伙，打家劫舍，势力渐强，为害一方。

王欲调兵清剿。王族内担任亲云一职的吉安认为清剿田木这类流寇易建功得赏，正是其子少峰的良机。于是备金送与禁云朋简，托其荐少峰于王。

朋简告王："震循久安，臣已老迈，王族内年轻一代将领缺乏实战，这次匪患初现，疥癣之疾，正是练将之机。"

王问欲荐何人？朋简道："少峰熟读兵策，长于练兵，可以一试。"

王招少峰，问："几时可定？"

少峰回："不出半载。"

少峰率军远涉北疆。击败田木手下头目啸森，翼尾等将，初得小胜。田木避其锋芒，退入邶岭山中，数月之间只对少峰官军作不停袭扰。

少峰寻不得田木主力决战，粮草渐显不足。副将先真进言："将军出来之时，已在王前夸下海口半载可定。现在寻不得战机，粮草又不济，如何有脸面再向王求索粮草。"

少峰叹道："如之奈何！"

先真道："既便贼于邶岭山中有屯粮，也不能持久。终究得靠山外农地所产。而今山外与群山千路相通，堵一漏万。我军若把近山村落的农粮收刮干净，即可保我军粮草，亦可断绝山中贼之补给。不出数十日，待山中贼粮尽时，必与我军决战，到时将军可一战而定。"

少峰称善，开始强征粮食。

田木与山外消息畅通，闻讯大喜。一边加派探子出山，详细探查。一边整兵。待少峰官军征粮回运时，于途中截杀。田木的手下对地势熟悉，官军的所征粮食有半数被田木截走。随后田木以粮为饵，失粮农人无路可走，只得进山跟了田木，为之卖命。

田木认为自己的老师阮淅言说虽然高深精妙，但对农人而言不啻于天书，一个字也听不懂，颇感为难。宿史等田木入定后传风息与田木。于是田木训诫遍传军中："一入山，无退路，夺粮回，生死共，拒纳税，抗不公，福同享，皆弟兄。"

田木军心逾加稳固，田木见此不禁连连感叹："原来如此原来如此，老师谬矣，老师谬矣。"

五头目怀彪对田木献攻战之策，田木采纳。

田木命人假扮自己大张旗鼓佯装进兵离少峰驻军三十里外的浚城。少峰中计引兵直奔浚城决战。田木引军攻向少峰大本营陈邑。留守副将先真在城门上见贼兵势大，急派人向少峰救缓。少峰极速回救陈邑。怀彪于途中设伏夹射，以逸待劳大败疲于奔命的少峰。少峰引败军逃入陈邑四门紧闭。少峰入陈邑与先真商议："虽然大败，但陈邑城大墙高，所剩军队固守陈邑足可抵挡贼军，且先派人去请禁云朋简调兵来助。"

夜里陈邑城内四处失火，乱作一团，混入败军的贼人杀了守卫官兵打开了北城门。田木挥军冲入，杀声震天。随后隐布，录时得里应攻入东西二门。少峰与先真惊慌失措带兵从南门逃走。

五头目怀彪料定少峰必走南门，请命于南道设伏，再一次万箭齐发夹杀少峰，少峰只剩少数亲随得以逃向大河以南。

少峰回王都，朋简得悉少峰大败，一口老血喷出。后国相与吉安等众臣夸大田木军势，使少峰免罪。

田木写出不识字的人都能听懂的文字。叫乐人把歌词填进他老师阮晰改过的《震循颂》里，改名为《救星曲》传唱：

"田木的征伐，天下无敌。当他向西方征伐时，东方的人民就埋怨；当他向北方征伐时，南方的人民就埋怨。他们埋怨说'为什么把我们这里放在后面？'。人们盼望他来，就像大旱时节盼望下雨一样。田木所到之处，匠人不停止制造，农人照常生产。田木杀掉欺压他们的官吏，安抚当地的人民，就像及时雨从天而降，人民万分喜悦的说'等待我们的君王，君王一到，我们就得救了！'天命所归啊！天命所归！人们用竹筐装着绢帛迎接田木，愿意侍奉田木而接受他的恩泽，称臣归附于田木。百姓抬着饭筐提着酒壶迎接田木的士卒。可见，田木出师只是把那里的人民从水深火热中拯救出来，除掉残酷的昏主暴吏罢了。"

震循久安，人不习战，甲兵朽钝。田木随后在战歌飘扬中风卷残云连下数十城，势力大涨。"震循亡，民有粮"的号子响彻北疆。

大名士子方与田木之子元任狭路相逢，元任年幼，未及弱冠，连忙让车回避。事后子方来见元任说："君看不起人则失其国，贤才的主张不被接受，言论不被采纳，贤才换个国家，抛弃不识好歹的权贵，弃若敝履寻常事。我这样做实是为了让你收揽俊才之心。"

田木闻知后，勃然大怒，捕杀了子方。训斥其子元任："等级若不森严，如何制众？谨小谦卑，盖将无以管镇今时。"

田木纳谋士芥申之策，每攻下一城，斩杀震循官户，洗劫富户，尽收其财。以资军用。

之后田木仍感粮财难继，又把粮食全数收尽，以粮控兵，以粮治民。凡田亩，照人头分耕。除每人所食可接新谷外，余则尽归军库。鸡鸭猪牛、麻布、马匹亦然。药铺的药材全数没收，另专设救疾院，强征郎中充填其中，免费为民治病。鳏寡孤独免役，皆由军库以养。

田木自号"均平大都统"。同耕，同食，衣钱共用，均饱暖。

田木这些作法多来自宿史的风息，宿史家里的紫草树飞速生长。

宿史把老师精巧晦涩的语言改成通俗易懂的说词，把煽动的对象完全转向农人、工匠、。当然和他老师一样，宿史也为凡间这些人画了一个大饼挂在空中——"幼有所长，壮有所用，孤寡病残老有所养。"

很快得到来自凡间的强大的"凡念"，家中紫草树已经过了头，宿史升阶。

登阶那天，虚觅修士照常齐聚于出尘界礼送修士离开出尘。

第三日，宿史重演了他老师黑扇当年那一幕。虚觅修士们再次被震惊！

不过这一次宿史彩虹投井后，白鹤童子从顶台现身，对众修觅修士宣说："宿史神识本己坏损，无升阶之资。神识坏损是过不了花慢界的。"有修士疑惑道："仙童的意思是说宿史已是疯癫之症吗？但并无异状啊？"

白鹤童子回道："的确如此，虽然表面上与常人无异，但是坛城这一关是混不过去的。"

有修士问："他老师黑扇也和宿史一样神识本已坏损了吗？为何仙童上一次并未现身宣说。"

白鹤回道："正是，黑扇神识同样本已坏损。上一次黑扇事败之时因白鹤有要事回上界错过了。"

众皆哗然！

等震循禁云朋简拖着病体调度军马完毕，田木已然成势，震循诸公见一时之间难以强攻，均劝王划江而守，以待时机。

王无奈让朋简率兵延江防守。但仍心有不甘，后又问计于右大监孜阐，孜阐回道："吾王勿忧，何不亲自水神宫去问世外高人？"

王与右大监至水神宫，伯齐闻讯亦从烟波浩淼殿下来。伯齐屏退众人，告王："田木新政有违天理人情，虽能蒙蔽一时，但不久必自生祸乱，右大监既于北地布有斥候，若回报乱相一起，立可挥军北渡。如今震循需得加紧备粮，一旦收复国土，无粮则民难安。"

王闻言，心绪稍有转寰。

伯齐又问："可有统军之人？"

王面有难色，回道："正愁于此，禁云朋简老迈有恙，恐难奔突于阵前。少又不堪大用。"

伯齐一笑道："烟波浩淼殿上正有一人，王若愿领去，也免他扰我清修。"

王问："何人？"

伯齐："朋简之子正在此处。"

右大监孜阐惊问："敢问是宸渊吗？"

伯齐道："正是。"

孜阐赶紧向王禀报："十年前宸渊辞官云游四海，不知所终，原来隐在此处。"

王亦露喜色："速速去请。"

伯齐道："那到不必，王且安住此处，且等我回山上说他下来见王。"

第二日，宸渊人未至，只送一封信来。

王见信，竟自回了王都。

田木这边众头领忙于瓜分辖地、女人。也无立即南渡之意。

田木欲自立为王，问计于参军韦肆。韦肆道："立小王？还是大王？"

田木问何意？

韦肆道："东征，南进，是为大王。"

田木已明其意，道："当为大王。"

韦肆道："先以偏师东征，后督主力南渡。大事可期。"

田木令西征的怀彪回陈邑筹谋东征怀东。

怀彪回信道："此次若东征，不宜大张旗鼓，只宜偷袭。"田木令怀彪便宜行事。

姜绒貌美，本是浚城富家女。田木纵兵抢杀时，一个小帅为了讨田木欢心独独没有杀她，把她绑来送给了田木。田木重赏小帅。娶了绒姜为妻，不料大婚之夜正值出尘界的宿史彩虹投井。田木神识之中宿史的私印废毁，田木头痛欲裂，倒地卷缩抽畜，一阵神情恐怖之后口吐白沫不省人事。隔日田木才从恍惚中回过神来。田木认为是姜绒不祥，欲杀之。但转念一想，杀了正娶的妻子恐遭世人耻笑。于是也不去与姜绒行房，自己只与府中其他女人厮混。也许是因为田木的前妻芄锥给他留下的阴影。田木对知书达理的良家女子并不喜欢，只喜欢攀附权势俯首听命的女子。

一日田木家中设宴，远征西部的怀彪回到陈邑，在田木家中见到了绒姜，心中暗惊，绒姜原是怀彪落草之前的心仪之人。怀彪强压心绪装作不识，绒姜亦会其意。怀彪离宴之后怒从胸中起恶向胆边生。

绒姜借田木南巡沿河防务，回浚城祭祖。途中被怀彪手下亲兵扮成的山贼所劫持。绒姜见怀彪，趁怀彪不备拔其短剑作自刎状，言道："当年若不是我父亲二次救你，你能有今日？"

怀彪道："未尝有一日敢忘大恩。"

绒姜道："若你能杀田木以报家人被屠之仇。必将死心塌地以身相许。"

怀彪点头："我既允诺于你，绝无失言。但战场非同儿戏，且容我筹谋。此番正欲东征怀东，你留在军中难免被人发现，你且女扮男装，我派人送你到怀东梧桐山隐居，待怀东大事底定，再来接你。"

然后派那队绑绒姜回来的亲兵扮作商户送绒姜去了梧桐山。

田木回来得知绒姜失踪，勃然大怒，派人四处搜寻，起初无果，数月后有猎户来报，僻静小路上发大水，退水后泥土中显出田木亲兵带甲尸首。田木卫队长验查后惶恐不安。一边上报一边来求录时，录时素来与怀彪不和。于是对田木说"干净利落地杀死十数护卫。非寻常贼伙所能为，不见绒姜尸首，即是意在夺人。而众军之中只有怀彪正好此时起程东征。大将军何不借故南渡招回怀彪，他若不肯，想必其中有事。"

怀彪当然一眼就看穿了田木，很快回信，详诉南渡时机未到，不可轻言过河。东征所获人口粮食才是南渡之基，现偷袭得手，怀东已半数归附，正欲尽全功，岂能半途而废。"

田木认定怀彪有鬼，但怀彪软中带硬的回信让田木不敢妄动。投田木之前怀彪本就有自己的队伍，人数不多但忠于怀彪。起事以来，怀彪善于用兵战功卓著，队伍随之壮大。军中威望大增。

如若强攻怀彪不能速战速决。被南面震循之军趁了机，则腹背受敌。于是田木忍耐，密派探子去往怀彪军中打探。

过了月余，探子回报，没有找到女人，但发现怀彪军东征，令城之后并未杀富洗劫，民心安稳。

田木招隐布、录时来议，录时说："此人反意已现，不尽早除之必成大患。"

田目道："南有强敌隔河相望，东征路途比北伐更远，奈何！"

隐布道："震循外强中干，如同酒缸，大而不堪骤击。若其强健，岂有时下隔河之局面，况震循于以筑城守地为主，并未造船。我军可于河中大势造船，示敌以准备渡河攻击。敌军不得不倾力于防守，使其短时之内无暇渡河，而我军平日只需布疑兵于河北岸大张旗鼓反复巡守，另置一军相机而动即可。"

田木传令隐布督军守河。录时留守陈邑。自率岱真，闻长，啸森，翼尾诸将发兵东击怀彪。

韦肆闻讯来见田木："何故为一商富女而坏大事？"

田木道："非为一女，怀彪反心已现，吾军数倍于彼，可速灭。若其坐大，怀东之地必失，何言南渡？"

韦肆不敢再言。

田木自去各地调动料草兵马，准备东进。田木一动，早有斥候飞报至怀彪，怀彪立时于蒲城聚怀东名士，商户，地主。告众曰："田木残暴，异想天开，倒行逆施，其害深远，人神共愤，若不齐心抗之，城废家毁，千里怀东于诸位只是坟场。"

整个怀东立时变成男必战，女当运。钱粮捐入军中。

怀彪派密使去震循见王，并送去请降书及大江上游鸡屋山小径详图。王如获至宝，知一旦渡江，沿此小径可避过沿江防卫直插陈邑，令田木猝不及防。

过了几日怀彪命亲信去梧桐山去取绒姜，亲信还未出发，绒姜已至蒲城军中来见怀彪。怀彪颇感意外，笑问绒姜："我正欲派人接你，你竟已至，难不成你会未卜先知？"

绒姜告怀彪："生死存亡之际，当与君同行。"

帐中众将大受激励。

绒姜又道："此行偶遇一事，自梧桐山下来之时，山雨路毁，车马无法通行，路遇一行脚老者，向其问路，此老者正好也要去蒲城。我见其老迈、就邀他乘前车带路绕道来蒲城，至军中之时，此老并不离去，自称休穆，让我带信想见你。"

怀彪正欲问帐下这休穆是何人？

帐中怀东名士积止抢先问道："老者左脸上可是有一块青斑？"

绒姜道："正是。"

积止转向怀彪道："或是怀东名将休穆已至军中，此人早年曾守棘口挡住雍至尹达大军，后为宸渊仗义直言，不见容于朝堂。早已除役隐居多年，此用人之际将军宜亲自去迎。"

怀彪大喜，率众将出帐来见休穆，互报姓名。怀彪言词谦诚，休穆也未曾想到怀彪如此礼敬。道："国难当头，老兵唯愿以此残躯尽微薄之力。"

怀彪道："是上天把将军送来的，怀彪敢不遵从。"

随后把休穆请至帐中深谈入夜。

怀彪手指地图道："我东征之初探路，过海螺角时一眼认出海螺角是兵家必争之地，也就是承平日久，没人理会这山海之间的要津，其地如同一支巨大的海螺，螺顶的三角尖伸至海中，此地山形奇特，三山突出于莽莽群山之外，如同群山之中抛出来的三叉戟。二水于三山之间而出流入海中，山壁久历海风如同刀峭，众多平民聚积于三山二水之间。于是当即就在海螺角依山取石建二墙连了三山之间，导水而出成护城河建了一座新城。此城一建成即扼守咽喉，并为东征屯粮，名为连城。当时我担心东征若失利，当可退至此处以自保，所以留了守军。此次田木大军东来，必过此地。老将军可愿担此守城重任？"

休穆道："自当领命。"

怀彪与休穆详商了如何在海螺角拒敌。

怀彪隔日升帐命休穆领兵速往连城驻守。

怀彪对休穆道："怀东之命尽托于将军。"

休穆只道："人在城在。"

田木前锋翼尾领军至，见连城上军容不整，便急欲取头功，挥军蚁附而上。被休穆指挥守军痛击，伤亡惨重。

第三日午后，啸森引军至，闻翼尾二口不克，怕耗折了前锋锐气，言道"此一孤城尔，留给岱真，闻长后军即可，此地离怀东蒲城不过百里。你我且沿海东进速击蒲城。为防万一，我留三千兵监视连城守军即可，量连城守军也不敢出城来追。"

翼尾知大都统田木此战意在速胜，觉此议甚好。就弃了连城与啸森率兵马不停蹄转过海螺角直奔怀东。前行二十里，天色已晚军马疲惫，安营休息。

才到半夜，火箭倾泄而来，营帐火起。人仰马嘶。三万大军乱作一团。啸森、翼尾荒忙上马督军迎敌。但左边海上箭雨借风势凶猛异常，右边山上箭雨居高临下，全军两面受敌。又听鼓响，怀彪前锋已经破营而入，与前军接战。右面山上伏兵开始顺势冲下。啸森，翼尾夜里力战三面，死伤过半，终不能敌，只得带余部逃向连城，怀彪军尾随追击。

啸森翼尾且战且逃。逃至天明，刚过了海螺角。连城上的休穆早己得海上商船以火发来的信号，准备定当，连城一通炮响，城门大开，休穆指挥军士冲出，啸森，翼尾惊恐万状，率军死战，毕竟血战一夜，后有怀彪追兵，箭矢用尽、人困马乏。被休穆生猛的拦腰截断。翼尾被乱箭当场射死于马下。啸森留守的三人马拼死来救得啸森突围，弃寨而去。

怀彪随后督军至。并不进连城，只在海螺角顶端下寨，与连城成犄角之势。积止则率战船机动于海上。

田木大军接着败军，田木大怒、立时就要斩啸森。岱真，闻长等众将求情。田木打了啸森五十杖，命其于各地去收粮押来军前。田木挺进至连城，下了寨。田木与众将议事。闻长道："连城与田木虽然互为照应，但我军人多，只要封住连城之兵、令其难以出城突袭、我军主力就可放心猛攻怀彪大寨。"

隔日田木分兵二万给闻长，令其率重甲车挡住左侧连城之敌。然后命岱真攻击怀彪。怀彪拒不出战，高垒深沟，层层布防，由于寨前地势狭窄，岱真的军力优势施展不开，岱真攻了二日，尺功未进，双方都死伤无数，岱真伤亡尤甚。

第三日岱真死命强攻，用数辆冲车冲毁田木寨栏，大队兵甲跟着冲车蜂涌冲入寨内。但第二层寨门竟是巨石连成，冲车无用武之地，兵甲挤作一团不能前进，怀彪的箭雨、火球，抛石从巨石后方抛射而出。冲进第一层寨门的数千士兵顿时鬼哭狼嚎惨声震天，想往左侧海里逃又被粗大的木栏挡住。可怜上天无路入地无门，葬身火海。只有尾军得以逃出第一层寨门。怀彪夺回第一寨，立即又用船运来巨石重新修补加固，两军重又相持。

过了两日岱真命副将铭召率骑兵发起夜袭冲锋、沿怀彪大寨左侧邻水的狭窄通道绕过去攻击侧翼，怀彪在浅滩上广置桩脚。

骑兵绕过大寨后才看到桩脚，只得之字穿行，一经桩脚迟滞，大队缓慢移动的骑兵成了田木大寨栅栏内箭手的活靶子。只有铭召领前部数百来骑冲了过去。铭召退不回来，不久后被怀彪后军围住生擒。铭召被押至军中，怀彪解了绑，对铭召道："田木胡作非为，时至今日民心尽失，民变只是早晚之事。海螺角天堑，怀东众志成城，田木终不能过，已成必败之势。将军作何打算？"

铭召降了怀彪，详告田木军中诸事。

田木挥军东征以来，未尝胜绩。岱真在怀彪大寨连遭重挫，毫无办法。田木决定掉头再攻连城，仍令岱真继续详攻怀彪。加调二万大军给闻长，强攻连城。另命符丙率五千军士绕道进入莽莽群山，寻路从连城后方攻击连城。闻长连攻十日，休穆防御有度，连城下的闻长途增伤亡。

无奈之下，田木只得与怀彪对峙于海螺角。打打停停，停停打打。又过十日符丙率几十残兵回来。符丙此次进山，逢山开道，遇水架桥。军进十日，终于靠山民引路至鹅冠岭。一过鹅冠岭，下面就是泸溪，沿泸溪而下就是连城。休穆早已有军守于此处。符丙军粮将要耗尽。只能拼死进攻鹅冠岭。无奈关上守军居高临下，以逸待劳。符丙五千士兵早已是强弩之末。关上只一千守军，五百人轮换防守。就让符丙伤亡惨重。符丙见粮已尽，只能撤兵。符丙知道已到生死关头，没有粮撤兵途中也只有饿死，只得半夜跟一百亲兵带走所剩不多的余粮跑了。清晨符丙二千多余部发现主将早已不见了踪影，粮也没有了，知道已至死境，于是到鹅冠岭关前投了武器，全数降了。被守军绑了押往连城。

田木把符丙及其残兵尽数斩于军前，与众将商议，但众将无人敢言退兵，纷纷力劝田木攻下连城。于是田木筹备数日，开始攻城。

休穆对降军道："你们如有想回去，我就放你们出城。"降军畏惧田木，都不敢出城，默不作声。

休穆道："田木残暴，你们是想现在回去送死，还是留下立功吃粮？"

降军齐呼："立功吃粮。"

休穆大吼："田木粮草已尽，十日之内，我军必胜！"

全军齐吼："必胜！"

田木挥师一轮又一轮强攻连城，数千士兵投沙袋填平了城下护城河。大军随后狂攻连城。云梯架了被毁，毁了再架，三日后城城墙上下已变成血海。双方伤亡惨重。闻长指挥冲车冲城门。休穆心一横，早已派降兵用石头彻墙把城门填了。等闻长冲车把两个城门撞烂。里面只有另一面城墙等着攻城士兵。

但田木也是横了心，要灭此朝食。亲自押阵督军强攻。多日轮翻狂攻之下连城守军渐渐不支。田木看清了战况。命岱真死守不退顶住怀彪的攻击，一面让闻长对连城发动最后强攻。闻长在阵前大喝："敌军已残，夺下此城只在眼前，先上城者赏金五百俩。"

然后就挥军往城上扑去。

但听城上一声炮响。旗帜招展，二千身着田木军服的士兵手臂缠着白条，突然整整齐齐现身于城墙之上。十数条白布从城墙上挂下来。上面或书"杀田木者，得赏金万两"、"为符丙及兄弟们报仇雪恨"、"田木倒行逆施已遭天谴"、"为田木卖命，死不足惜"，不一而足。

一时之间闻长的士兵看得发呆，不知所措。那一鼓起来的气势荡然无存。

田木在后面看得真切，即可传令："攻城，后退怯战者，立斩。"

只顾催促士兵攻城。士兵只得冲锋攻城。但士兵势气全无，第一波爬城很快就被城上符丙旧部击退。闻长又催部下第二次爬城。只见城上一排密集箭雨扑面而至。兵势被阻。又听一声炮响，城门正中挂下两幅更大的白布，左边写"田木妻"，右边写"投怀彪"。中间拉出横幅"弃暗投明"。

田木在后方高台上看得清楚，当场一口老血喷出。倒于地上。城上休穆遥遥看见田木倒了。立即令城上士兵齐声高喊"田木已亡，田木已亡。"

城下田木军心大乱，纷纷回头张望，闻长也回头张望已不见了田木，便飞马回身去探究竟，待他到时，田木已被手下往营中送去。闻长所部已经指探不灵。队形散乱纷纷逃回。闻长见势就只好令旗一招。回营。

正与怀彪恶战的岱真不知这边已经发生变故。只见到攻城的闻长军在跑，顿感大势不妙。自己的后军一旦暴露于连城守军之下，那就死定了。于是立即撤军。

怀彪洞若观火，立即指挥全军追杀。先回营的闻长整军防备，岱真军逃进营中。怀彪见状并未强攻，就退了回去，打扫战场，所获颇丰。给休穆补充军备士兵。

田木在营中缓过劲来，他并不缺女人，又因田木认为绒姜不祥，更说不上在意绒姜，之所以在阵前血气翻腾，不过是因为在千军万马之间被休穆把他最在意的脸面给撕破了。

自起事以来，田木大军在战事中连连告捷。田木常常向军民宣示这是天命所归，反复宣传多了之后，渐渐地田木自己也相信了自己是天命注定的王者。田木扫平天下的野心渐渐浓烈。田木认为自己的英明神武是军民的引路明灯。这盏明灯是不容玷污的。没想到休穆今日岂止是玷污，那简直就是把明灯砸碎于众目睽睽之下。

岱真、闻长众将面色凝重。手下来报，宿镇粮仓被怀彪用商船从海上偷袭，粮草被付之一炬。田木及诸将大惊，军中之粮已不足半月。田木急忙传令催促啸森十日之内速速押粮至军前，如果逾期，提头来见。岱真道："加若啸森到期粮未至，又或粮不足。该如何是好？"

田木心知肚明。虽然自己兵力占优，但怀彪占尽先机，又有地利之便，粮草转运方便。长久拖下去对自己更不利。田木问如果退军，怀彪乘势追击，如何是好？

韦肆道："我们可先退至凡城、卤城二城，此二城成犄角之势可互保。怀彪军若失去海螺角地利，并不足惧怕"。

田木长叹一声。知东征已无可为。改令啸森押粮至二城。随后闻长断后，自己率大军先撤向二城。

积止偷袭粮库得手的商船已回，怀彪大喜。令船队派船去田木大营外海，严密监视敌军动向，随时来报。

　　怀彪知道田木败局已定，传言给连城的休穆，准备进攻，休穆得信后开始拆除城门洞的填石。很快快船来报，田木大军撤离。怀彪没有动，众将不解，问怀彪何不抓住战机一锤定音。怀彪笑笑只说时机未到。

　　很快震循右大监送来密信，震循大军已攻陷陈邑。

　　怀彪闻讯立即指挥大军进攻。闻长也是倾营而出与怀彪对垒。怀彪见是闻长，邀闻长阵前搭话。闻长道"大都统向来待你不薄。何故作此夺人妻之事"。

　　怀彪道："今日我已不欲与你交战，不如讲个故事给你听，很久以前，在洛甲镇有一个挖矿的富人满丁，于洛甲镇后方鸡屋山挖铜矿。矿洞越挖越深，矿石越挖越少，满丁以为奴工不尽力，殴打奴工逼奴工继续挖，终有一日奴工挖穿了鸡屋山。监工只守在进山的洞口，不知奴工已经从山那头跑了。监工放饭时才发现，得悉后满丁大怒，亲自带人追捕。追至大河边，围住了那些奴工，混战一处，一个老奴工当场被满丁一刀刺入腹步，。这个奴工的儿子趁他父亲抓住满丁双手，发疯似的用挖矿的镐从背后敲碎了满丁的头。少年随后跳江而逃，漂至下游在浚城被一富商救起，富商让少年跟在手下做事，少年勤免做事以报富商救命之恩。后来少年成年后又因见税吏欺人太盛，失手打死了税吏，被判死罪。富商花重金买通看守把那个少年救了出去。让其逃到北疆。没错，那个少年就是我，你可知绒姜乃我恩公之女，田木却屠戮了她全家。"

　　闻长愣住了。

　　怀彪又道："如果你再细心想想，那么这个故事就不仅仅是解答了你的疑惑。"

　　闻长不明就里，问："何意？"

　　怀彪冷笑："洛甲镇可是有路直通陈邑的，早前我西征之时，不但去洛甲镇把当年满丁的爪牙清理了一下，而且还故地重游了那废弃的矿道。你认为现在陈邑还在田木手中吗？"

　　闻长被震在了当场。他这才明白过来鸡屋山那条废弃的矿道的作用。震循大军只需从上游渡江即可偷袭陈邑。

怀彪道："我曾听过一句话：'邪恶会来，如果你让它来'。正因我们的默许，才有田木造下的今日之恶，百业废驰，人心败坏。不劳者不得让位于不仆从不得。上有贪官敛财，下有民不聊生。闻长书读得多，想必对此更有心得。怀彪读书少，只想问闻长一句，当今之世，还有谁愿意为田木种粮？"

闻长坐骑站不稳动了又动。

怀彪道："我知道闻长向来重义气，但个人的私义又岂能放在天下公义之上？今日我且退军，给将军二日，到底要顺天应时，还是要随田木倒行逆施。将军自行抉择。"

说完打马而去鸣金收兵。

田木刚到凡城，啸森押粮至。田木见粮少，大怒，欲罪啸森，啸森道："自我大军东征以来，百业凋敝，匠人逃跑，农人不足，土地缺耕少种，粮食欠收，物价腾涨。实难筹粮筹物。末将此次抢来的已是民间往年存粮。"

田木无奈，只得作罢。

突然隐布派人送紧急军报至，报陈邑被震循大军偷袭得手。田木及众将不敢相信，岱真问报信之人："震循大军何时渡的江？"

传令兵报："虽然震循在大河上打造战船，但隐布将军的沿江防线并无交战，震循大军从天而降，陈邑防守空虚，半日之内既被攻陷。留守的录时将军于城中阵亡。公子元任被擒，隐布将军正欲引沿江守军夺回陈邑。"众将闻言惊慌一片，田木道："隐布只有一万将士，陈邑人城，恐难夺回。"

岱真问传令兵："震循何人统军？"

信令兵报："少峰领军"

田木闻言哈哈大笑："原来是手下败将，令全军即刻回程夺回陈邑，又传令闻长退守凡城。"

闻长正于寨中犹豫不定，斥候还未回报，田木军令先到。这下知怀彪所言非虚。于是派亲信送密信给怀彪，自己拔营去了凡城。

怀彪得信后，命全军缓缓跟进，往凡城移动。

田木兵行多日，将近陈邑。得前方军报，少峰正围攻隐布于东乡。田木大喜，对众将道："少峰弃陈邑攻东乡实属自取灭亡。"

田木命岱真领兵与隐布夹杀少峰。自己去夺陈邑。

田木大军围攻陈邑，城上守军把田木的儿子元任带上城楼。元任对田木喊话："父亲，时至今日，你已民心尽失，震循大军入城后，善待民众，儿劝父亲降了吧。"

田木如被雷劈，勃然大怒，对全军大叫："此人并非吾儿，擒此假冒者重赏。"

随即下令攻城。

但震循城上守得固若金汤。田木连攻二日死伤无数，士气低落。正踌躇间。岱真派人来报，已经击破少峰。正回军来助攻城。

田木闻讯大喜。夜里，后营杀声震天。待田木起身上马。大营已是火海。田木指挥迎敌。陈邑守军开城门杀出。田木军将士难以抵挡敌军猝不及防的凶猛夹杀，全军溃败。啸森本于陈邑南门。闻得遇袭，带军来援东门。一出营不久。营寨就被震循大军内外夹杀夺了寨。啸森还没到东门就得到消息，一时慌了神，

还未及想好，就听得鼓声大作，左侧杀出大队人马。火光中，啸森定晴一看，来将竟是老相识震循的少峰。大吃一惊！

少峰也识得啸森。大叫道："岱真已被斩杀，田木已败，你若还不下马投降，当真想要死在城下？"

啸森见少峰军容强盛，自己又并不受田木看重，无心再战，下马降了。

田木在东门外鏖战，见大势已去无力回天，带残部奋力往北门逃跑。正遇韦肆带数千兵从北门来救。于是合为一处杀出一条血路往北而去。震循兵追了一阵就放了。田木逃出数十里，依山扎了营。隔日一队人马到来，田木见是隐布，大喜。问隐布如何军马整齐？隐布道"我本被少峰围于东乡。正自奋力防守。不日就探得少峰撤军走了。然后派斥候打探，才知少峰围我是虚，实则是为了在芷源古道围歼岱真，一夜之间岱真被斩杀，全军覆没。又探知少峰大军撤向陈邑。我知是冲你而来，就立刻弃了东乡北上来助你一臂之力。没有想到还没到陈邑就得知战况，我只

得领军往北疆走，走到路上才知大都统已突围至此，遂来相会。"

　　谋士芥申闻言道："既便如此，我军兵力不足二万，无力再与少峰一战。不如往东去，闻长尚有三万兵马在凡城，卤城合兵一处再作打算。"

　　田木道："好，立刻拔营去凡城。"

　　田木军到得凡城，城门紧闭。田木喊闻长答话。闻长于城上道："除了投降，别无他途。"

　　田木大怒，下令攻城。田木军刚开始爬墙。有两军从左，右杀到。正是怀彪与休穆。闻长见时机已到，开城杀出。田木最后的兵马被绞杀于凡城之下。隐布、芥申，韦肆也尽数死于混战之中。唯独不见田木。怀彪命人检查尸体，并无发现田木。于是怀彪亲自领人重新查验降军士兵，查出乔装的田木。

　　怀彪对田木道："天下之大，你又能逃到哪里去呢？万千冤魂岂能放过你？受死吧！"

　　田木道："你不能杀我。我所为者，乃天命注定，假我手而已。"

　　怀彪从旁人手里拿过一把大刀看了看，又看向田木，冷笑道："天命？现在这把刀要砍下你的项上人头也是天命注定。"

　　怀彪立时斩了田木，悬田木头于旗杆之上，全军欢呼。怀彪命人把田木及众头领其首级装好。自己和休穆领了闻长等众将往陈邑去见少峰。行至少峰大营，进少峰大帐前，休穆见得帐外的马群中有一匹黑马，心中忐忑。众人入得帐来，见少峰与众将恭敬侧身静立于两旁，土案后面一白袍将军背身而立，望着挂图。休穆一下子震住了。少峰抬手示意众将静立。怀彪等人不明就里，一时呆住。那白袍将军听得动劲，转过头来。休穆见得真切，大惊失色，上前二步不由自主的扑通一声跪了下去。惊了怀彪众人一跳。

　　只听休穆道："老将休穆拜见少将军"。怀东名士积止多年前在王都见过宸渊，立时也拜了下去，怀彪众将见状知道来头太大，也跟著齐齐拜了下去。"

　　宸渊见状扶了休穆起来，一边说："老将军别来无恙"

　　休穆道："说来话长，容老夫稍后再秉。"

休穆立时把怀彪，积止等人引见给宸渊。

宸渊扶起怀彪道："若不是仗着将军提供的鸡屋山矿道，此战或许没有如此顺遂，将军功不可没。"

宸渊也不多言，命怀彪与休穆于案上地图详细解说与田木的作战经过。宸渊问得也极细致。问完之后宸渊大喜，称二人真良将，重赏其军。

随后宸渊问帐下众人："这场仗打完了吗？"

众人不解，都说打完了。

宸渊道："这场仗其实才打了一半，田木虽亡，只是兵败政亡。如何收拾大河之北这个烂摊子是一场硬仗。田木有反天下之意，强推其志，天下不堪。人口流失，田地荒芜。大河之南送过来的粮食只可以救一时之急。眼下只能军屯民屯并举，各位可有何良策？"

众将皆不敢妄言。

怀东名士积止见状出列道："大战之后，百废待兴，民间窘困。不才以为田木所置官吏人员臃肿不堪，涂食民膏，当尽数废之。现当于每城先设查检官，检括户口，凡被田木收缴资产返还户主。另设田官，凡有主之田返还其主，收成按官一私九。无主之田再募民屯垦，募民屯垦可由官家资助种子，农具，耕牛，收成按官五私五，逐年递减。除荒年连续屯垦五年之后，土地归屯民私有，之后收成一率按官一私九。其余无主之田归军屯，且田且守，以收成论功行赏。继之以充实编民，旦有招募到新增流民屯田，即把军屯转给民屯。如田土用尽则由军屯开垦荒地以安置流民。"

宸渊命积止为田卫，试行其法。农桑并举，耕织并重。

恰逢天公作美风调雨顺，头一年即初见成效。人心渐稳，继之三年，流民归附，人心安定。

怀彪来见宸渊道："禀将军，我妻全家早已被田木屠尽于浚城，妻子不愿回伤心地。想去怀东散心。怀彪书读得少，无力寄心于仕途。此生唯愿陪妻儿一道而游，特来向将军请辞。"

宸渊爽快的允准，送了两车礼物给怀彪。

怀彪上船东去，绒姜于船头一边弹琴一边哼唱一曲。怀彪初一听，大吃一惊。打断绒姜问道："这不是田木的'救星曲'吗？为何弹唱此曲？"

绒姜笑道："夫君你仔细听，我所唱之曲乃民谣'流风'，优美动听，岂是那阮晰、田木之流篡改后的俗不可耐？"

怀彪闻言后大笑："夫人见谅，为夫不通音律，只听了一小段就妄言，见笑了。"

绒姜道："夫君且慢，容我演此三曲，再见分晓。"

于是绒姜把阮晰的'震循颂'，田木的'救星曲'，'流风'三曲依次弹唱一遍。怀彪听后大感错愕，对绒姜道："虽然我不暗音律，但也能大致听出三曲的差别极大，音律之术真是玄妙。"

绒姜道："虽然都是选'流风'曲来打底，阮晰的'震循颂'改出了一种装腔作势的庄严宏伟，但仍旧掩盖不住其间的心虚。田木的'救星曲'改出了一种恶俗庸陋，却豪不掩饰其间的蠢蛮。而流风弦律之美是历久弥新的，就算是取走'流风'原有的情爱唱词，也不失佳作天成。曾记得我父亲说过，官吏轻蔑地把碎银砸在乐户身上，那银子就恶臭不堪，乐户转手把碎银轻轻放入乞食者碗里，那银子就光芒耀眼。碎银还是那碎银。"

怀彪闻言大赞道："夫人通达，可以说优美动听是先定之物与情感无关吗？"

绒姜道："大概如此吧。所以人们常说倒洗澡水的时候不要把小孩也一起倒掉。"

怀彪心情大畅，琴酒挂帆，直上怀东。

又二年后，王至陈邑，宸渊具实以报。王甚觉不解："震循旧规，官三私七。河北之地因战乱之后，施行官一私九。现今上交国库之财不减反增，是何道理？"

宸渊道："臣下请积止为王一解？"

积止禀王："民以私为念，官一私九，民获颇丰。户民皆扩大垦种，一反田木祸乱之时不愿为公田耕垦之态，不止户民，流民，田木旧有降军士兵也纷纷变作户民为私田而耕垦。凡匠铺，商户等也无不受惠，市井繁荣，税源大增。官家虽只收一成，总计亦远高于从前。再加上大幅裁减田木设置的庸肿官职，官府所耗远小于从前。"

王闻言让众人退下，独默良久。

隔日后，王再招宸渊言明欲在震循推行积止之策。宸渊道："王欲推此策，需调积止至王都，积止乃良臣，可委以重任。"

王道："自当如此"

王顿了一顿："还有一事，此次田木祸乱对王族内众长者震动颇大，他们以为，若要长治久安，需推行孝道。若震循人皆尽孝，就不会有这么多狂悖之徒景从田木。就连国相也顺此议。"

宸渊道："臣于烟波浩淼殿时，恰巧听伯齐言及其师又溪先生过往。又溪先生转世前曾对伯齐说过一句话'万恶孝为首'。伯齐说他至今都没有悟透老师这句话的意思，臣也无力参悟。"

王闻言一脸震惊！

宸渊道："眼下已是河清海晏，臣请辞军职，重回烟波浩淼殿，再随伯齐参修，为王厘清个中玄机。"

王允准。

七、书歌

　　书歌从小就很话多，仿佛一天除了吃饭就是和人说话，没人的时候就自言自语。书歌不但话多，说话时表情异常细腻夸张，连脚趾头都在参与谈话。父亲雾轮几乎所有的精力都放在如何与书歌对话上。后来雾轮实在受不了了，告诉书歌，有凡念与虚觅两个书院，里面有很多人可以与之对话。书歌去了书院，一边学习一边结识了不同年龄的修士。又嫌回家麻烦，在书院附近找了套空宅住了进去。书歌很快就开了地镜，游历凡间。也许是天性使然，书歌对凡间那些走卒、商贩、泼妇的街谈巷议颇感兴趣。他没有把这些口舌之争仅仅当成乐子来观赏。几年后，书歌去见了若似，与之交谈，若似自从花慢界坠回出尘界之后，情绪一直低沉，书歌向若似请教如何能想到把牛腱用于尹达的弓背之上？若似告诉书歌"反者道之动"。若似的书籍书歌读得不少，能够听若似亲口讲述却是不同寻常另有深意的。书歌的愉悦看在若似眼里，若似揶揄书歌："别人的痛苦正是你的快乐立锥之地啊。"

　　书歌答道："难道你的痛苦不是立锥于别人的快乐之上？"

　　若似正一直在追寻痛苦的源头，但环环相扣难尽无穷。被书歌片语打断一时无言以对。之后书歌去见了卜来，卜来闭关不开门。书歌照着尹达的攻城冲车做了一个小号的，叫小伙伴们帮忙把门撞开了，卜来很生气要发作。

　　书歌道："我听说你要死了，所以砸了门进来救你。"

　　卜来道："这种谎言你自己信吗？"

　　书歌道："你常说只有圣人是可以撒谎的，我只是想试一下不是圣人是否同样有用。"

　　卜来本不想和书歌废话，但卜来的书籍书歌同样是通读过的，于是书歌用若似的话去挑衅，再加上书歌那夸张的神态，若不是晚辈年少卜来想揍他的心都有了，卜来自然反击。

书歌问卜来："你曾以为沉迷于单一的术是平民的、卑劣的、堕落的。而你的学生若似乎只是在表面上跟随你的观点。实则完全背叛了你。你有察觉到吗？"

卜来道："休要胡言，若似并非只精专一术，虽然于一术之中若似更显细腻，但他也是主张只在闲暇之际才着力于一术。"

书歌道："若似的尹达只精专于兵道一术，却令你的伯雷溃不成军。这不是若似对你的背叛又是什么呢？离开言语的意义，事实的结果不是突显了若似的真义吗？"

要知道卜来自己是极度推崇《货蜡纸书》里的战争结果就是真义之言的。书歌的话如同踩在了卜来的尾巴上。

卜来怒斥："滚、滚、滚、滚………"

书歌闻言立即把身体卷成一团，在地上滚了一个圆，回到原地，说道"我滚回来了。"

卜来一看遇到有强烈表演欲望的斯文混混，没办法了。

无奈叹了口气道："我常以为圆是主尊的玩具，非修士凡人可以参透。没有想到也被你用作了玩具！坐吧。"

卜来道："一时的成败或受累于千因万缘。长远而言伯雷的价值并非那些精专一技的思虑狭隘之徒可比。"

书歌却道："伯雷固然博学，但博学同样会捏制出另一种'思虑狭隘'之徒，不是吗？射手只有眼里的标靶，马车夫不也只有东南西北的路吗？"

卜来顿住了，久久不言。书歌起身而去。

随着挑衅、反击的持续，这却让书歌深感震惊。书歌发现虽然若似是公认的天才，也不缺独创，但是大多数时候并未脱离其老师卜来创造的框架。虽然师徒二人在很多细节上的看法势同水火，其实是在同一个水槽里遭着不同方向划水。这水槽却是卜来造的。书歌惊叹卜来的开疆辟土的能力。卜来和书歌争着争着，倒是感觉自己缓了一口气回来，压抑的感觉轻松了不少，卜来也不再抵触书歌来叨扰他了。

最后一次书歌对卜来说："我并非是来挑拨你们师徒之谊的，

要知道若似的父亲是医官，如果不能药到病除，孕妇与胎儿就再也见不到明天。若似偏重于立竿见影其来有自。只不过若似这条路上的人也很容易陷入治大国如烹小鲜，施政如同医人的困境之中。"

卜来心悦诚服，提出拜书歌为师。书歌拒绝了！从此以后再也没来烦卜来了。卜来则决定花气力去梳理自己与书歌的对话，以资后人。

书歌回父母家，正巧遇上制茶人用壶来找雾轮。用壶想让雾轮给他写点东西，好让他挂在茶庐中。雾轮不想干这种庸俗无聊的事，正巧书歌已至，于是对用壶说，书歌比我更擅此道，你还是求他吧。借口打水就遛了出去。雾轮其实也不知道书歌能不能写出什么，只是二个人都是话痨，一个废话一个废神，让他疲于应对，所以胡诌一口后就遛了。

书歌倒也不客气，提笔就开干。借着在两书院看过的一些文字印象，东一笔西一笔，左改右改的胡编乱凑了一篇出来。

"品香古茶树下，月轮星河无价。盖下馥妙，汤里乾坤大。夕阳别醉霞，紫草拂白沙。流风檐下，清静无人话；玉水翠山，庐下藏人家。任冬去春来、逍遥何需由他。"

用壶见此文字，一读之后顿觉神超形越，惊掉了下巴。对书歌说："歌，你想喝什么茶，只要叔有的，都可以给你。"

书歌顺嘴一问："你有什么好茶呢？"

用壶道："不是吹牛，除了虚觅书院里记载的"夺神"，出尘界里的茶大都是有的。"

书歌一听来了兴致，问："那'夺神'又是何物？"

用壶道："据书中记载，出尘界南面极热之地，有雪山。'夺神'产自此处。此地离城遥远，路途艰险，我就放弃了。"

书歌又问："这'夺神'有何神奇之处？"

用壶尴尬一笑："书中并未记载。"

不等书歌再问话，用壶夺过纸就跑了。

雾轮打水回来的路上，撞上用壶，寻思不好，正想如何用话糊弄过去再说。用壶却先说："知子莫如父啊！"

　　然后把书歌写的给雾轮看。雾轮看完心里一乐。暗讨这小子糊弄人的本事是比自己强。于是对用壶说："小子无状，先生见笑了。"

　　用壶问："你不服？要不你来写个试试"。

　　雾轮连连摆手，说自己不擅此道，转身就走。用壶望着离去的雾轮喃喃自语道："有的一代不如一代，有的则一代比一代强，哎，找谁说理去？"

　　书歌在城中到处逛，只要有人聊天。书歌就很高兴的参与。有别有用心的人告诉书歌，黑扇高妙。凡念书院中有记录黑扇言论的书。书歌回到凡念书院中仔细阅读了黑扇相关记录。

　　看完后书歌认为黑扇有一种崇尚思辨、玩弄晦涩文词，以显示自己高深的倾向。书歌认为这种倾向败坏了虚觅、凡间的学说风气。

　　在一堆叶上长叶，瓦上盖瓦的晦涩的语言中，老师们丧失了道义。如果老师说的话是不可理解的，并且总是能够借这些含混不清的词句左避右闪，那么学子就不可能确认他究竟说了些什么，那些是模棱两可的，那些是错误的。甚至于如果某个老师以学子能够听明白的语言，简洁明了的谈论，那么这个老师就会被认为对真正的学说一窍不通。

　　在书歌看来天上地下追随黑扇这股空虚无聊但貌似高妙的风气的学子们陷入了一种虚假的自重之中。

　　书歌看出黑扇保存了若似的片段，但是，随后就添加上一段他自己的晦涩难懂的话。若似的原话"墨丝国的奴隶少有闲暇玄思"本是十分简明的描述，但黑扇改成了云里雾里的夸夸其谈——墨丝国的奴隶未能投入足够的在世的，身外的，直观的纯一的念想之前的绝对刻度的来思诘自身丧恸。以致于他们舍弃了宇宙中最令人失落绝望悲痛之感觉的同体异端随意所转之情愫，也使次第对位中相对上首的陶治而成的和谐被冷落后连累到内涵于心宫之中的终极因被怠惰覆盖。

　　书歌认为这是一种假老练的混乱的语言污染，既无功业、学问垂范古今，也无风神、才情流芳百世。甚至不如凡间小贩与悍妇之间的龃龉，书歌还记得在凡间游历时见书贩因肉价贵而怒斥悍妇奸滑低俗。

　　悍妇道："骂的这么露骨，你快乐吗？"

　　书贩来劲了："老子乐意，怎么了？"

　　悍妇道："若骂我能让你变得更高贵优雅，请继续，我不介意乐于助人，但肉价得再加一点。"

　　书贩那败下阵时的神情书歌还没忘记。但是书歌看到黑扇的凡间"印记"阮晰的记载后来了兴趣。阮晰与水神宫的这类交锋本就是书歌兴致所在，然后顺着记载就去了水神宫，书歌惊见自己母亲的像立于水神宫内，于是出定盾后去问母亲。雨月详细告知了前情。

　　书歌这才知道水神宫这一系与父母的渊源，于是又夫烟波浩淼殿，观察伯齐。

　　伯齐正受困于"万恶孝为首"。众弟子与宸渊在旁也一展莫愁。望着挂在墙上的这一幅字，书歌颇觉有意思。于是出定盾去问父亲雾轮。

　　雾轮对书歌道："我早就知了这事，只是怎么想也想不明白为什么又溪先生会说出这样的话。所以没能帮上伯齐他们。但是观又溪一生，又岂会妄起'哗众取宠'之语。"

　　这引得书歌兴致更高，去书院查阅群书。大概明白了凡间的孝是怎么回事，心想这事并不难。

　　书歌还没有授过凡人私印，于是他在水神宫的年轻弟子中找了一个看起来聪明伶俐的修士神识试了一下，竟然不起作用，书歌纳闷，又另选其他修士来试，仍然不成。书歌怀疑水神宫里的修士有特别之处，于是在王都去寻修定者试了试还是不成。书歌想"完了，这下完蛋了，私印都设不了升阶无望了！"

　　书歌把此事告诉了父母，雾轮与雨月闻言只好把因果源源本本的告诉了书歌。

　　书歌听后瞳孔放大，强打哈哈道："搞了半天，我一出生就是来帮二位还债的啊？"

　　雨月和雾轮闻言面面相觑，心中五味杂陈。

　　雨月说："要怪你就怪我吧！"

书歌埋头抬手道："你们不要说了，让我自己理一理。"

雾轮看着书歌夸张的神情，再也没以前想揍他一顿的心，满腔的愧疚酸楚涌了上来，欲言又止。

书歌离了父母家。路上闲聊的人群第一次见到书歌像换了一个人。街上的小伙伴们也查觉书歌魂不守舍。

书歌漫无目的的走出了城，书歌不知道该怪谁，似乎谁都没有错。所有的人都在为自己的目的奋争着。这些奋争纠缠交织，最后落于一处。自己就正好在此处。书歌不自觉地回头望了望城中心的升阶梯，觉得自己已经是个废柴了。随手捡了一根树棍，奋力的打向旁边的水面。水被书歌抽打，水体震动。天界之上，洛施惊觉水界异常。连忙寻来，见是书歌在抽打水面。洛施当然识得出尘界里这非凡非仙之体是荷仙之子，难怪水体震动，连忙出声阻止。书歌正在挥棍击水发泄，心中不赖烦，头也不抬的长吼了一句："滚……"。洛施被拖长的尾音震荡得如同断线的风筝一样飞了出去，听到惨叫，书歌才转头发现洛施倒在不远处。书歌走过去问："你是谁？"

洛施强忍巨痛颤颤道："我是水神座下弟子洛施。"

书歌才从母亲口中得知是洛施抽走了自己身上的法源至使自己失去了登阶的可能。听洛施自报家门先是一惊，见到事主本应生恨，但见到洛施花容失色，痛苦万状的样子，恨也恨不起来，反而生起怜悯之心。问洛施为何倒于此处？

洛施缓了一点回来，算是明白了书歌并不知道自己的声音的杀伤力。洛施也不明白书歌的嘶吼声为什么对自己有那么大杀伤力，只觉得一吼之威，自己仙根险毁，法术尽失。

洛施道："我就是取走你法源之人，你若恨我，可以现在就动手。"

书歌闻言后沉默片刻道："我知道你名字，我也知道取走我的法源那是你的职责所在，我愤怒击水只是想发泄一下而已，并没有想恨谁。"

书歌停了一下看了一眼洛施说道："我扶你回城吧，找若似的父亲给你看看伤势。"

　　洛施道："不用了，你只需扶我到水里，我会自行疗伤。"书歌把洛施背到水中放下，洛施入水开始疗伤。水中灵力波动，缠绕着洛施，把水体照得晶莹剔透。

　　书歌见状觉得洛施已无大碍，便舒了一口气，身体却渐渐感觉寒意从洛施疗伤之处逼来，越来越冷，书歌能够感到水灵吸走了周围的灵能为洛施疗伤，于是拔腿就跑，可还是晚了。寒意侵入身体。

　　洛施正在水中疗伤，感觉体内异动，猛然醒悟。原来是书歌那凡仙一体的的法源。书歌嘶吼之时引得法源共震，才使自己遭了重创。于是立时把法源祭往天界水神宫，终得痊愈。

　　书歌沿着水跑，尽力朝远离洛施的的方向跑。但身上的寒意无法消退，冷得牙齿颤抖。书歌忍耐着继续前行多日之后，沿途的茶树也越来越少。书歌只好收集了一棵茶树的叶子带在身上。天气变得越来越热，书歌感觉好多了。牙齿不再颤抖。他不想回去面对出尘界里的那些小伙伴，修士。他想一个人安静安静。

　　书歌继续走，天气热得先前全身寒意的书歌都有些受不了了。于是转向山上而行，爬了很久，热浪渐渐退去，树林渐稀。书歌看到林尽之处的上方一百丈有一突悬而出的平台，便爬了上去。到得平台，书歌才看见后面的雪山。平台之上有一颗不起眼的不大不小的树。书歌看着脚下的景色在风云中变幻，看得有些痴迷，天渐渐黑了。

　　月轮星河出现在夜空。书歌有些困乏，一摸身上的茶叶已经没有了。心想这下不妙，正自忧心。一阵山风飘来，书歌闻到一种淡淡的似茶非茶的异常香味。这香味复杂多变，层次时而分明时而混缠。书歌一闻之下顿感困乏消解，甚是惊奇。转头看着平台上那叶片飘动的树走了过去。越靠近书歌越感受到树上那股香味不像是香味，而是一股灵能。书歌伸手去摘树叶，无论如何都摘不下来。书歌见反正也摘不下来，于是在树下入定盾，心想吸够了香气就离去。

　　一入定盾，书歌渐感那香味渐渐与自己交织，气神盈体。自己的神识慢慢被这股香灵包裹，书歌没有抗拒接纳了，香灵浸入神识之中。

月轮当空，星光被月轮聚入轮环之中，临照下土，神识见到了树下土中的根脉无远弗届的延伸出去。整个出尘界的地下各种根脉连成密网。书歌的神识感察到出尘界里的紫草树从凡间吸收的凡念源源不断而来。书歌惊叹这鬼斧神工，赞叹不已，不禁屏息以观。

待书歌重新吐纳之时，只轻轻一吸，出尘界散漫的凡念沿根脉涌上半山平台。身后的树已经变成了紫草树，原先的那颗飘香茶树已经消失不见。书歌随即出了定盾。见身后果然变成了紫草树。书歌一看这紫草树的高度已经达两人之高，可以登上花慢界了。

书歌大抵是明白了，自己与香灵融为一体后，无需凡间去找人设私印，就借着这虚觅地下的根脉就可以吸走众多散漫的凡念来养高紫草树。望着满天星月，回想刚才的情景，突然想起自己糊弄用壶时写的前二句"品香古茶树下，月轮星河无价"，书歌哑然失笑。没有想到这胡诌竟是一语成谶。

一想到用壶，书歌陡然醒转，书歌回头看到夜空下的雪山，回想上山之前的极热境地这才明白过来，自己吸入神识的香灵应该就是用壶说的"夺神"。

书歌想这茶名为"夺神"，感觉并没有夺走自己的神识，难道是夺他人之神识？

书歌重入定盾，开了地镜，正值凡间夜里，找了个入睡的凡人一试，果然可以进入并封闭凡人的意识，借凡人的其余五识来控制凡人的言行。书歌操控这凡人从入睡中起身，出屋，打街上走了一圈后回家。街坊里打更人看见后叫他。书歌也不敢应。赶紧控制回屋后睡下。他老婆也被这动劲闹醒，问他半夜出去干什么？书歌不敢言语控制那人倒床便睡，赶紧退出了定盾。书歌感觉这夜游虽然好玩，但也太扯了。

书歌下了山，身轻如燕，凌波微步，一日之内即"飘"回城中。

雾轮与雨月见到书歌的神情后有些茫然。书歌道："你们不用担心，有些事情我已经想通了。登阶已水到渠成。在登阶之前，我帮你们解决点小事吧，你们入定盾去看看烟波浩淼殿。"说完就转身欲离去！

　　书歌突然想起一事，回转身问道："伯齐是父亲在凡间的'印记'，那宸渊又是谁的'印记'呢？"

　　雾轮道："我猜也许是允目长老那一系的"。

　　书歌道："难怪，真是兵者贵道啊！震循王都的国相是丰候长老那一系的吗？"

　　雾轮道："多半如此"

　　望着书歌飘飘欲仙，潇洒离去的身势，雾轮和雨月从茫然变为惊诧。书歌回了自己院子，入了定盾，开地镜。在烟波浩淼殿找了一个修行的弟子，夺了他的神。书歌开始操控他，没想到举手投足，言语表情很难随心所愿。书歌退了出来，又换了另一个弟子，还是如此。书歌有些沮丧，刚在父母面前踌躇满志夸下海口该如何收场！他明显感觉到修士的诸识对他的排斥。书歌冷静下来，回想那夜晚，自己第一次在凡间夺神之时，一切操控都很顺畅。书歌想是不是因为烟波浩淼殿的这些弟子修行有年的原因。于是找了一个年岁较小的修士。这个小修士憨憨的闷头在案上画画。其他的修士叫他"鱼屯，吃饭了"。他应答了一声"马上就来"。但身体并不动，继续画画。

　　书歌一看，就夺了他的神，放下笔，走出去吃饭。书歌这一次感觉到顺风顺水。于是飞奔起来，脚都上了墙，一时间，膳房里的众修士看着平时不出声不出气的憨憨的小师弟动作张狂的表演着。众修士惊咤小师弟突然之间变了一个人，纷纷侧目。有修士窃窃私语鱼屯今日是不是吃错药了。

　　书歌也不理会，风卷残云。离了膳房回到房里。提笔写字，毫无凝阻。于是开始画画。

　　鱼屯把画框立在殿上，伯齐与众人不知鱼屯何意。鱼屯道："弟子手绘了一图，请老师看看。"说完把罩在画框前的布往上翻开。

　　伯齐与众人齐齐注目。

　　画中左边有一壮年黑衣男子，身上背着一老翁，老翁身上叠着一个老妪。黑衣男子左手背过去护着背上的二老，右手则抱着一个小孩。正踩着突出于河面的散落间隔的石块渡河。煞是惊险。

画的右边同样是一个壮年白衣男子，男子手里抱着一个小孩，后面不远处是一对老年夫妇在后面微笑着目送他们踩着河中的石块渡河

伯齐凝神观看，稍许，大惊失色。

鱼屯自言自语问道："黑衣男子与白衣男子谁先渡河？"

不等众人回应忽屯把画框的背面反转了过来，揭开了布。亮出了第二幅画。

画上左右两边两支大军正在对阵，左边的军队是由无数第一幅画中的背着父母的黑衣男子组成，右边的军队是由无数第一幅画中抱着小孩的白衣男子组成。左边的黑衣男子由于腾不出手来，剑都握在背上的父亲手里。右边的白衣男子则是左手抱着孩子右手握剑。

鱼屯又自言自语问道："谁更容易取胜呢？"

宸渊在堂上如被雷击，脱口道："万恶孝为首，原来如此。"

腾身从座上而起。先向伯齐施礼后，再向鱼屯施礼。也不再言语就冲出大殿而去。

伯齐望着宸渊匆匆离去的背影，知道他回王都去了。叹道："宸渊也太急了吧！题中之意不止画中那么简单啊！"

书歌闻言知伯齐已知大概，本想当场为伯齐再手绘一图，但转念一想何必道尽，不如让伯齐自己去摸索，于是从鱼屯意识中退了出去。鱼屯的头不经意的打了个摆子。

伯齐对鱼屯道："你能画出这两幅图，真是神来之笔，你是如何想到的呢。"

鱼屯望着画看了看，如在梦中。喃喃道："我也不知道"。然后就低头在一傍不知道该说什么了。

雾轮、雨月在地镜中见此情景，出了定盾，来到书歌的院子。雾轮问书歌："你能在凡人身上设私印了？"

书歌答道："不能。"

于是把"夺神"的事给父亲讲了。雾轮，雨月闻言后互相对望，二人胸中有如巨石落地。自洛施收走书歌的法源后，直至今

日，雾轮雨月才如负释重。

雾轮问道："那鱼屯看似并非出类拔萃之人，你怎会选他？"

书歌道："鱼屯似白纸，易于控制。"

雾轮闻言笑了起来。

书歌问："有那么好笑吗？"

雾轮道："我是真担心伯齐门下弟子会因此弄个'大智若鱼'出来。"

临走前书歌把弟弟叫到跟前："哥哥此去前途未卜，如果有什么话要留给你，我希望你早日离开父母，独自去体悟主尊创造的世界。"

书歌并未告知出尘界修士，就登阶去了。

出尘界的修士们闻讯后赶来升境台，书歌已经踏上升境梯的半程。书歌从第一台阶旋转而上直到顶端进入花曼界只花了一个时辰。修士们惊得目瞪口呆。白鹤童子现身台顶，看着书歌的脚踩上顶台，然后引书歌从台顶的坛城进入花慢界。

书歌升阶花慢，白鹤为他打开了道藏书院。书歌看到书院里的经论浩如烟海，这无穷无尽的智慧是他意料之中的。意料之外的这是真的书林，所有的书都长在树上。书歌望着挂在树顶的书，心念一动，书从树顶飘来落到书歌手中。书歌心念又动，书已飞回树顶。

书歌虔敬谦卑的气息弥漫书院，望着无穷无尽的书林，书歌不自觉的用手抚在了树杆上。神识中的香灵有感，万千经卷里的文字沿着树干涌入书歌神识。书歌飞速的吸纳，少顷书歌身体就耗散得几乎要虚脱。书歌最后那一丝理智帮他奋力挣脱了树干。

书歌躺倒在树下恢复元气。

少倾树林中转出一老者，摇着玲铛推着小车而来，书歌闻到了一股从未闻过的香味，让书歌感觉到饥饿无比。

书歌爬起身看到老者推车上有各式的点心，书歌虽然在书中见过，在凡间见过，但从未吃过。便行礼向老者道："老先生可以给我一个点心吗？"

老者道："过去心不可得，现在心不可得，未来心不可得。不知你要点那个心？"

书歌先是一愣！旋即嘴角微微一撇，回道："那我就点个良心，你有没有啊？"

老者闻言七窍生烟，在书歌面前灰飞烟灭。

书歌大叫道："哎哎哎，不至于啊！"

书歌叫声还未落，书歌眼中的千树万树如同凡间的烟花绽放，万彩缤纷。一时之间，书歌被包裹在色彩之中什么都看不见。待缤纷羽化渐散，书歌面前出现了水面，水面有两座桥，一左一右。桥上氤氲渐渐退去，二桥各自连着一个岛。二女子一左一右在桥那头的岛上显身而出。长得一模一样，瑰艳前定，书歌惊为天人一时冻住。书歌回神道："刚才那老者可不关我的事啊。"

那二女子齐声道："那老者只是个书虫，陷入文字游戏之中难以自拔，这些幻化出来的小把戏，既便正论，料也难不住你。"

书歌问："你们是谁？"

左边那女子道："我叫息束，本是书灵。"

右边那女子道："集书成灵，他们叫我息束。"

书歌闻言左看右看一时间不明所以。

二女子又同声道："你若要升入方仪界，需过桥。一但过桥，支撑你的凡念即刻被洗尽。你只能在我们二人间选一个。一桥升方仪一桥坠出尘"。书歌闻言苦笑道："原来在这里等着！"

书歌丝毫不敢大意，立即原地坐入定盾。

少倾，书歌出定，走向了右边那桥。书歌艰难的过桥，身体越来越沉重，快到桥头前已经支撑不住，香灵有感，从书歌的神识中被吸了出去，飞回了出尘界。

书歌匍匐在桥面向前爬。

右边的女子问道："你为何选我？"

书歌艰难挣扎道："我从左往右看，似是而非。我从右往左看，知世者明。"

右边的女子终于伸出了手，握住了书歌。

　　息束让书歌闭了眼。书歌睁眼时，已经身处方仪界。

　　息束告诉书歌："此界一日同于凡间一季，一入方仪界，就已经不再需要凡念支撑。但是升入天界却更加危险重重。"

　　书歌问息束："卜来、若似见过你吗？"

　　息束回道："别说我了，他们连书林都没见到。"

　　书歌问："为何？"

　　息束道："但凡有半丝一窥终极奥义的念，书林就不会显现在他眼前。他们只能在道藏书院中见到唯识所现的幻觉，困在'独我'之中难以自拔。"

　　"书中自有颜如玉"，息束来自于书中，博学多闻并不能引得息束惊叹。书歌明朗如日月在怀，眼眸如岩下闪电，近则森森如千丈夏杉，远则如丘壑独存。息束无法抗拒书歌张口而来的举重若轻恣肆汪洋，更无法抗拒书歌温和反思后的抉择。

　　但是息束实在太美了，动静无缺，近乎于美之原型，美到令人崇圣，美到令人无欲。书歌终于从纯粹的美的形式中抽离，破了息束身上的无欲罩，与息束同房。书歌喜欢息束，很快痴迷。不过书歌那时常反思的本能还是让他注意到，在凝潭里，倒影出自己的眼睛仍然显现出外露的光芒，这样是升不了天界的。于是书歌警醒，离开温软乡开始闭关沉思，深定之后，他才感知自己已经破了两关大险，第一关靠的是对息束的爱，第二关靠的是对爱的有所节制。然而在凝潭之上，书歌依然看到自己的眼睛里的外露光芒并未完全消除。

　　书歌与息束重逢，不过书歌清楚这不是回到从前，他已经不像以前那样对息束痴迷了。息束感受到了。不久在书歌眼中息束的容貌发生了变化，没有之前的美艳明丽，显得素淡不少。

　　息束告诉书歌："虚觅三界，越往上越华美清冷，越危险重重。卜来、若似经花慢一遭，如历抽筋剥皮，痛不欲生。假如卜来、若似在道藏书院见到万千经论真身，他们曾经笃定的所思所悟顷刻瓦解。他们会更加痛苦。方仪界一切皆美不胜收，随念化形。但这些美置身于孤绝边际。天界的边缘更是美轮美奂，上仙殒命于天界边缘的比比皆是。凡间自主尊创立之后，虽然浊俗但生机勃勃。若论天上凡间，似乎凡间更像是天堂。"

书歌闻言大惊！良久才平复。

息束又道："自玄元上仙下界传薪以后，民智渐开。但仍有很多事凡人明明想做却无法达成，显见是因为这些凡人还没有拥有足够的智慧。只要凡人彻底了明因果后就能按智慧去行动，达成所愿。我常有去凡间助凡人解困之意。"

书歌对息束道："如果智慧是良药，就应该带给凡间。若我登上天界，愿与你一同去往凡间。但是此事也并非如此简单。智慧会给凡人带来成功，重蹈成功之道自然会对凡人产生巨大的吸引。但若凡人一以贯之，终入尸坑。田木以兵战之术用而治国，结果人间地狱。马到攻城至马到功沉只在须臾之间。卜来，伯雷作天下之马车夫，大则大矣，一直高高在上却失去了根基。若似精专一术之时却产生了一法通万法通的幻觉。"

息束道："既如此，于凡人而言，智慧对他们岂不适得其反？"

书歌道："智慧于凡人而言终究是权宜之技，但权宜之技也必有可取之处，凡人自开智以来，总能权衡这些权宜之技是否比过往的权宜之技更胜一筹。如若绝慧弃智，坐忘入道，终究落得竹篮打水。"

息束道："若似的念想不就是依着这个'更胜一筹'吗？"

书歌道："没错，若似以为此'更胜一筹'终会达至至善。但我感觉到，自在、秩序、道义、法度、平等、差异无论哪一条路走到尽头都是地狱之门。这并不是因为自在、秩序、道义、法度、平等、差异本身有什么错。而是人们一以贯之必然会把世间带进地狱。最上的路和最下的路是同一条死路，最左的路与最右的路亦是同一条死路。"

息束问道："居中那条是正道吗？"

书歌道："我猜终有一日，会有人去走那条中道，当他行在不左不右不上不下之时，他同样会行入地狱？"

息束闻此言后大彻。

书歌道："原以为生有涯、知无涯是困住凡人的最大障碍。阅览天下人事之后我渐渐改变了看法。因为我发现凡人的抉择并非知理后一定如理而行。"

息束惊问："这又是为何？"

书歌又道："也许'兴之所至'是主尊创造凡人之时就已经在凡人身上印入的自救之术，在理穷之前就可跳出桎梏。只是这率性而为的自救之术并不能常学常用，如若也一以贯之，则万事广废，重回民如野鹿的曚昧时代。归藏星君下界开智之功将尽数葬送。回头无岸，给世人剩下的是如何把握尺度，万物流变，尺度亦变。"

息束见到书歌眼里精光消失，如同透镜。息束知道那个时刻已经到来。

息束道："从方仪界登上天界恐有生死大关，你可愿冒此大险？"

书歌沉吟片刻，道："我听闻母亲讲过，凡间的莲花未出污泥之前，只是一意的从污泥中破土而出，并未杂念于结果如何。"

息束闻言后手一挥，坛城在她身后显现出来。望着书歌只道一句："我会等你。"

书歌亦不犹豫，入了坛城，息束望着书歌消失后，不自觉地把手放在了自己的小腹上，眼里的坚定渐渐隐显出了一些模糊。

书歌发现自己置身于一间石室中，一屡光从墙上的石缝泄了进来。石缝半丈长横在墙上，仅有手掌宽。借着光，书歌见此石室除了那条透光窄缝浑然一体，非常完美的圆。似在一整块大石头中挖空出来的，书歌见没有门，反复的细看，没有任何出路。书歌想这也许是幻像。于是席地入定盾，书歌于定中竟然看到的依旧是这个石室。书歌一惊，试着开地境，没有任何作用。书歌入深定，石室依然。书歌大惊！出了定盾。

望着这囚笼般的石室，书歌张口一声长啸，圆壁连一丝反射都没有，就把啸声吸得干干净净。书歌彻底透心凉。随之心里闪过自己出生以来所历之事。想起最后息束的提醒书歌明白这已经是生死大考了。看着困住自己的这个完美的圆室，书歌记起卜来曾经给他说过，圆是凡人、修士可以接近但无法确知的东西，或许是主尊的玩具。当时书歌听后也深以为然。

书歌迎着石缝的光闭了眼。摒弃一切默念主尊。突然书歌感到光照进了神识，神识与光慢慢融在一起。渐渐的书歌感到光的愉悦，随着书歌的吐纳，光时而内收于神识，时而外放于头顶显轮状。书歌明了这是主尊对虔敬的恩赐。书歌体受到主尊的一些示现。书歌神识动了念，光开始弥漫，圆室壁上的细丝在光的辉耀下如同一张细密的大网显了出来。随了书歌的念，光撑开了空间。

一时，天音鸣空，四金刚早已齐齐飘至坛城四周肃定。四金刚心下已知，虚觅界修士正在飞升，即将升入天界。坛城已然起动，白光冲出坛城，华光渐亮，耀眼夺目。坛城的中心已经被华光隐没。少顷一人形从华光中显形而出，华光渐退。一看此人-白色束带压在额顶，乱发散披。一身普通的白色大袍罩住全身。光轮显在头上，不出意外，正是书歌。

华光照下虚觅界，出尘界里的众修士第一次看到了花慢界、方仪界叠显于空中。凡间亦得见日轮。

四金刚随即执礼，言道："恭喜书歌仙士道果有成，仙士也是我们从虚觅界迎接的第一人。"

书歌还礼，随后四金刚引书歌上仙过大罗天河。

空中大放光华，诸仙从法会中开关，仙班现身，文曲星君飘至，引书歌去了威游宫。

文曲星君问书歌："玄元之子长忆在凡间施设祭祖，祭祖礼乐可还有趣？"

书歌道："我幼时在出尘界里有幸听过玄元的三夫人桐语弹奏'流风'一曲，以此曲作比，祭祀里的那些咿咿呀呀算成音乐是否有些勉强？想必星君想问的不只是这个吧？"

文曲一笑："你想说什么就说吧，也不用等我问了。"

书歌道："震循与雍至帝国隔江交界，震循在江北之地名曰上、雍至在江南之地名曰汜。江北上地的船商平夫行商至江南汜地。与汜地盐商女尾夜一见钟情，互生爱慕，娶为妻。震循与雍至同日祭祖。震循礼仪妇随夫祭，雍至礼仪夫随妇祭。三月三，平夫尾夜夫妇二人驾船而归。江南江北闻讯纷纷驾龙舟来江上接人。平夫尾夜无万全之策，于是让船掉头。江北的人认为尾夜挟持了平夫，江南的人认为平夫挟持了尾夜。双双击鼓划舟追赶。一时间江上声势惊天。平夫尾夜见双方都势在必得，担心两败俱伤。于是升了帆，顺风顺水而去。两岸遂罢。然此情此景奔若惊雷，两岸少男少女如被引燃心火。每年三月三，天雷勾地火，男女江上走，两岸驾船追，观众齐助威。久而久之三月三上地与汜地的祭祖礼仪已经少有人在意。多年以后平夫尾夜夫妇生意兴隆，多子多孙。父妻二人见上，汜两地不同的祭祖禁忌里的恐怖后果对他们毫无影响，既没有断子绝孙也没有灾降全族。于是笑说与子孙。其子孙后辈回乡后见此情形，于是顺势调合两岸，定下三月三为上汜节，少男少女可以自由选择心仪之人交往。并抛出彩头，此彩头名曰'深情并帽'，为男女二人同戴一帽。金银制成，寓男女一心。让两岸划龙舟竞逐此帽以助兴。实则含有缅怀追忆平夫尾夜夫妇首义之举。"

文曲听完道："有意思，主尊有好生之德，祭祖里本含有此意，上汜节里亦不缺失。"

书歌道："星君所言极是，礼仪如毛纹，念想如肤肌。但这毛与皮是否表里如一？毛与皮是否各自流变？都会引人诤讼不止。"

文曲道："怕是远不止诤讼而已，有人认为毛皮之间应是文质彬彬，另有人就认为至美何需矫饰。更因此文质对列，等级次第展现。有人以此为恶有人以此为善。仙班合议凡间既开了此门，就自历自为吧。无论吃尽苦头还是光辉灿烂，大的流变都即将降临。"

书歌沉吟。

文曲又问："苦行对你求道有助吗？"

书歌道："我从洛施疗伤的水边到雪山之下这一段冰火两重天算是苦行，并未于此中寻修。然而那未必对精进是毫无用处的。"

文曲道："流变虽然光芒万丈，精彩纷呈。但其中也夹带着巨大的苦难，凡间将承受的这苦难远非你经历的苦行可比。智慧能否给凡间以解脱？"

书歌道："此中异常玄妙，我不敢相信单靠智慧能得解脱，但我相信凡间靠智慧减轻痛苦应该是可期的。"

文曲道："你以为凡间是否可依对主尊的信心得以解脱？"

书歌道："虽然我自己是凭了对主尊的信心得以飞升，却难以相信不靠智慧就能识得主尊恩赐。但主尊持何意我难以参透，主尊驾驭万物尺度，主尊如何裁夺，难以预酌。或许主尊认为让凡人检探这些无尽的尺度才是对凡间最好的安排也未可知。"

文曲问道："飞升之际主尊对你可有特别的示下"？

书歌道："主尊示现过二次，第一次是宇宙的波纹从嘈杂渐趋同一，随后宇宙在一次震动中碎灭，第二次，当这宇宙波纹从嘈杂渐趋同一时，一支无形的手拨动了琴弦，一道轻波参入了那趋同的波纹，让宇宙重新涟漪交纵，以使宇宙不会在一次同一的弦震中化为灰烬。"

书歌言毕，九个光轮平空显出，仙班诸位随后在光轮下现出真身。文曲与书歌赶紧施礼。

班首元守星君道："此次法会参主尊源流，混元鼎内示现元气化三清，三清竞珠，混元珠得以脱离寂灭尸定，劫后重生，正是合了主尊对书歌的示下。三清互掣昭示好生之德恐要依世间万物竞逐而立。秩序、自在、道义、法度、平等、差异等诸法亦须附依于竞逐。归藏星君此次未能出关，他留给凡间血脉的二十四瓣牡丹不久就将耗尽。仙班合议，以为唯独归藏星君未能出关这是主尊的示下，天界诸仙不得再下凡直接插手凡间竞逐。纵然天界上仙有心也暂不能步归藏后尘下界。文曲星君且将凡间所留仙物尽数收回，将出尘界虚觅书院的精深论典移至花慢界的道藏书院。以免出尘界的修士利用虚觅书院对凡间竞逐过多干预。"

书歌闻言心下一沉。

元守星君了明其意，对书歌道："天界有一处梦影宵境，息束已奉命去此境等你。书歌可去接掌此处。那梦影宵境内另藏有一昼盘，唯独此物能聚昼梦，饮梦生光，因无人职守，宵境之中梦魇缠结，昼盘隐没于宵境之中。此物玄妙，机缘成熟之时可牵引万方。待你于梦影宵境之中寻掌此物，照澈宵境，重启阴阳，方可动达百代。亦可不断你入世之念想，书歌上仙宜查之慎之。"

书歌闻言大喜，接了职。

元守星君道："你母亲荷仙总是那个异数，水神既已收回法源，仙班也不再追究此事。"

书歌闻言心下甚慰，立时谢过班首及仙班众仙。寻梦影宵境而去。

文曲星君向元守星君道："既然仙班已然定下仙界不干预凡间竞逐之策，就连虚觅界的凡间修士也有所限制，为何又让书歌用梦境干预凡间竞逐呢？难道是用书歌来掣肘虚觅修士吗？"

元守星君道："那梦影宵境本是凡间众生纷乱妄念的聚所，而那昼盘以昼梦为柴，燃梦生光。但有些凡人的昼梦近乎于信，即便是昼盘也烧炼不化，这些信念久而久之堆满于昼盘之内就让昼盘不再生光。需有上仙去清理这些信念才能重启昼盘，书歌需得引导这些信念的宿主重拾旧梦，或得梦想成真，或经彻底破碎成就梦醒时分。但这些信念的主人早已在凡间轮回多次，记忆也都早以消除，所以使得这些昼梦回归宿主的工作异常艰难，对虚觅的影响甚微。不过一旦有凡间大才重拾旧梦梦想成真，终得学派林立，诸教现世，不就正合了主尊示现给书歌的那道'轻波'吗？"

文曲星君道："班首所言极是，只是有些阴暗面的昼梦也需经由书歌之手放出引宿主重旅。亲眼目睹这些妄人给凡间带来的巨大灾难对书歌而言也太痛苦了吧！"

元守星君道："你造的虚觅界虽有好生之功，但也让凡人飞升几无可能，书歌能飞升实为异数。主尊既然捡选了他，必是有缘由的。"

全书终

2024 年 9 月 17 日古毅

www.ingramcontent.com/pod-product-compliance
Lightning Source LLC
Chambersburg PA
CBHW070354310726
48977CB00002B/436